인간,
챗GPT의 숲에서 비로소
호모 콰렌스Homo quaerens로

인간, 챗GPT의 숲에서 비로소 호모 콰렌스Homo quaerens로

발행일   2025년 10월 31일

지은이   정현하
펴낸이   손형국
펴낸곳   (주)북랩

출판등록 2004. 12. 1(제2012-000051호)
주소   서울특별시 금천구 가산디지털 1로 168, 우림라이온스밸리 B동 B111호, B113~115호
홈페이지 www.book.co.kr
전화번호 (02)2026-5777   팩스   (02)3159-9637

ISBN   979-11-7224-899-4 03810 (종이책)   979-11-7224-900-7 05810 (전자책)

잘못된 책은 구입한 곳에서 교환해드립니다.
이 책은 저작권법에 따라 보호받는 저작물이므로 무단 전재와 복제를 금합니다.
본 도서는 (주)북랩이 보유한 리코 인쇄 장비 등 자체 생산 인프라를 통해 제작되었습니다.

작가 연락처 문의 ▶ ask.book.co.kr
전용 게시판에 문의를 남기시면 저자에게 직접 전달됩니다.

(주)북랩 성공출판의 파트너

북랩 홈페이지와 SNS에서 다양한 출판 솔루션을 만나 보세요!

홈페이지 book.co.kr   •   블로그 blog.naver.com/essaybook   •   출판문의 text@book.co.kr
카톡채널 북랩

질문하는 인간,
AI 시대의 길을 묻다

인간, 챗GPT의 숲에서 비로소 호모 콰렌스 Homo quaerens로

정현하 지음

 북랩

서문

챗GPT의 숲: 인간의 질문이 시작되다

　내가 이것을 기록하는 경위는 다음과 같다. 2016년 교환학생 프로그램으로 나는 캐나다에 있었다. 그곳에서 오랜 희망이었던 세계 대학생 챔버리 행사에 참가했다. 게다가 자원봉사 스태프로 선발되어 약간의 비용도 얻으며 운 좋게 참여하게 되었다. 목적대로 다양한 분야를 접하게 되었다. 덕분에 몇몇 흥미로운 공학도 친구들을 가까이 알게 되었다. 나는 그동안 사회과학 분야에서 벗어난 적이 없어서 사실 자연과학 분야에서 기초 물리학분야뿐만 아니라 새롭게 발전되는 전자공학분야, 인공지능분야 등 컴퓨터 관련 지식에 대해 상당한 호기심이 넘치고 있었다.

　그래서 의도적으로 그 분야 친구들과 가까이 지내려 노력했다. 나름 나를 어필하려고 자주 만나는 멤버들과 전공분야에 대해 얘기할 때나 기회 있을 때마다 인공지능 분야는 인문학적 사고가 필요하다는 꽤 매력적인 논리를 장황히 피력하곤 했었다. 언제든지 성의 있는 의견을 기꺼이 나누어 주겠노라는 아주 활달하고 친절한 태도를 내 이미지로 각인시키려 의도적인 노력을 기울이던 시절이었다.

어느 날 나는 특별히 친하게 지냈던 도서관 친구(잼버리대회에서 같은 자원봉사자로 안면이 있었고, 그 후 우연인지 필연인지 우리는 도서관에서 매일 마주치며 친하게 되었다) 루크(Luke)의 소개로 나는 곧 시작하는 어떤 프로젝트에 대해 듣게 되었고 특별히 인공지능에 관심을 가진 나를 루크가 주선하여 일하러 오라는 단순 보조자로 요청을 받았다. 그 당시 나의 활달한 의사소통노력과 밝은 이미지 메이킹이 나를 샌프란시스코로 날아가게 했던 것이다. 거의 창고 수준의 조그마한 방에서 말이 보조 연구자이지 그저 영어는 어눌하고 잘 알아듣지 못하는 수준이라도 밝고 신뢰감 있는 학생이면 된다는 조건이었다. 사실 업무라고 할 것도 없는 사무실 정리 및 복사지원 정도의 급사 알바 자리였다. 낯선 외국에서 이방인으로 견딜 수 있는 나의 강력한 무기는 오직 열정적이고 밝고 부지런하고 성실한 것이었다. 그 평가가 딱 맞아떨어져서 나는 친구들 간에도 후한 평가를 받았던지, 이 부분이 확실히 어필이 되었던가 보다. 당시 연구소 조교로 일하던 루크의 추천도 보태어졌고, 이것이 내가 채용된 이유였던 거로 보인다.

그 이듬해 나는 모교 H대학으로 돌아왔지만 나와 루크의 교류는 계속 이어졌고, 그 토론토 연구실에서의 의논들이 결국 실리콘밸리의 입성 등 공식적으로 OpenAI의 창립을 발표하는 아주 작은 출발인 것이었다. 그 작은 문턱이 인공지능의 상용화 실현현장으로 이어졌고, 먼발치에서마나 인류 문명의 새로운 도약점에 닿아 있던 기억은 지금도 생생하다.

한국에 돌아와 언론에서 문득문득 AI인공지능 연구에 관한 실리콘밸리 기사가 나올 때는 내가 얼마나 가슴 두근거리는 기분이 들었는지는 아마 상상할 수 없을 것이다. 게다가 각종 언론 매체에서 일론 머스크의 행보 등은 '아 그 형' 하고 하마터면

알은척을 하고 떠들고 싶을 지경으로 흥분하기도 했다. 각설하고 지금부터 하는 이 이야기들은 대부분 언론으로도 공개된 사실들을 정리한 것임을 밝힌다. 여기에는 루크와 나눈 대화가 추가되어 기록된 비하인드 스토리 또한 상당하게 기여 한 내용이다.

또한 이것은 다큐멘터리 기록물이지 문학이 아니다. 다만 중간에 OpenAI의 수장인 샘 올트먼의 해임과 복귀의 4일이 내게 너무 가슴을 졸였던 기억이라 그 당시를 드라마 형식으로 조금 각색한 기록인 점을 미리 말씀드린다. 그러나 전반적으로 사실에 기반한 것이라 건조하고 무덤덤한 글이 될 것을 염두에 두고 읽어주시길 바란다. 이 서사들은 인공지능AI태동에 관한 대단히 흥미로운 역사의 한 장면으로 이해하시게 될 것이다.

본 차 례

4 · 서문_챗GPT의 숲: 인간의 질문이 시작되다

1장
시작된 역사

13 · 1막 태동: 연구실의 불빛
29 · 2막 돌파: GPT의 등장
37 · 3막 전환: 대중의 손에 들어오다
47 · 4막 파장: 논란과 갈등
57 · 5막 확장: GPT-4와 멀티모달, 미래로 가는길

2장
시작된 사건(OpenAI의 심장)

- 67 · 1막 샘의 해고와 복귀
- 73 · 2막 내부 갈등
- 79 · 3막 상용화
- 85 · 4막 불타는 미래
- 91 · 5막 새로운 시장

3장
호모 콰렌스(Homo quaerens)로의 회귀

- 105 · 1막 챗GPT이 숲 가장자리에 서다
- 117 · 2막 인간, 다시 질문하는 길에 서다

- 134 · 작가의 말
- 141 · 참고자료

1장

시작된 역사

1막 태동: 연구실의 불빛

2012년, 캐나다 토론토의 한 연구실

 늦은 밤에도 불이 꺼지지 않는 작은 방에서 젊은 대학원생들이 눈을 빛내며 모니터를 응시하고 있었다. 그들 가운데 알렉스 크리제브스키라는 이름의 학생이 있었다. 그는 스승 제프리 힌턴과 함께, 당시에는 변방 취급을 받던 기술 '딥러닝'에 몰두하고 있었다.

 그해, 그들이 발표한 '알렉스넷(AlexNet)'은 세상을 뒤흔들었다. 이미지넷 대회에서 인간을 뛰어넘는 정확도를 기록하며, '컴퓨터가 시각을 얻었다'라는 평가를 받았다. 그 순간부터 인공지능은 다시 중심으로 돌아왔.

 1956년 인공지능이라는 말이 세상에 나온 후 잊혀가던 연구가 빛을 발한 것이다. 이 작은 승리의 불씨는 훗날 실리콘밸리를 넘어 전 세계로 번질 불길이 될 터였다.

샘 올트먼과 만남의 시작

 2015년 여름, 샌프란시스코. 젊은 창업가 샘 올트먼은 실리콘밸리의 떠오르는 별이었다.

 그는 스타트업 액셀러레이터인 Y Combinator의 대표로, 수많은 창업가와 투자자 사이에서 영향력을 키워가고 있었다. 그는 인공지능의 가능성에 오래전부터 매료되어 있었다.

 그러나 동시에 불안을 떨칠 수 없었다. AI가 잘못 쓰인다면 인류 전체에 위협이 될 수도 있다는 생각 때문이었다.

 그런 그에게 운명 같은 인연이 찾아왔다. 실리콘밸리 창업의 왕으로 유명한 링크드인의 리드 호프먼, IT벤처 투자가 제시카 리빙스톤, 구글 브레인 출신으로 딥러닝의 천재 일리야 서츠케버, 페이팔 창업자 피터 틸, IT개발자 그렉 브록먼, 그리고 테슬라의 창업자이자 이미 '21세기 혁신의 아이콘'으로 불리던 일론 머스크. 그들은 모두 같은 문제의식을 공유하고 있었다.

샘 올트먼의 기본소득 실험

　샘 올트먼은 실리콘밸리에서 이미 유명 인사였다. 스탠퍼드대 컴퓨터공학과를 중퇴했다.
　처음 개발한 작품은 친구 위치를 확인하는 소셜 매핑 서비스 '루프트'를 창업했다.
　이후 28살에 에어비앤비, 드롭박스, 레딧, 핀터레스트 등 수많은 스타트업을 발굴하는 스타트업 액셀러레이터인 Y Combinator의 대표로 활약했다. 동시에 실리콘밸리 최고 교사이자 대표적인 비저너리로 통했다.
　그는 Y컴비네이터 시절 2016년 캘리포니아 오클랜드에서 무작위로 선정된 1천 가구에 매달 일정액을 조건 없이 지급하는 기본소득 실험을 하기도 했다. 인공지능과 로봇이 인간의 일자리를 대체하는 부정적 시선에 대한 적극 대안을 생각했다. 분명 부가 한쪽으로 쏠릴 현실적 가능성에 대해 발생할 격차를 해결해 보고자 하는 적극적인 실험이었다.

　"기술이 새로운 부를 창출할 것이다. 동시에 전통적인 일자리는 축소 혹은 사라질 것이다. 나는 기본소득이 아니면 기회의 평등을 갖는 것이 불가능하다고 본다. 마치 신 자본주의와 같은 새로운 패러다임을 대비해야 한다."

그는 기업가이면서 마치 새로운 정치와 정책을 평정하는 대안까지 이미 생각하고 실험을 해 나가고 있었다.

또한 한때 Y-City라는 도시 프로젝트도 추진했다. 태양광으로 에너지를 공급하고, AI 로봇이 집을 관리하여 주거비가 거의 안 드는 조소득층 주거 도시로 만들어 제공할 수 있다는 구상이었다.

실리콘밸리에서 삼십 대의 이 청년 사업가는 '테크노 마르크스주의자'로 불리기도 했다. 그렇기에 더더욱 비영리회사로서 오픈AI의 설립 취지는 확고했다.

인공지능은 소수의 상업적 활용으로 전락되지 않을것이며, 만약 이를 지켜내지 못하면 사회에 엄청난 해악을 끼친다는 문제의식에서 설립했다.

AI기술이 특정회사에 종속되지 않도록 오픈소스를 공개하기로 한 것이 공동합의된 사항이었다.

이런 취지를 유지하기 위해서 샘 올트먼은 오픈AI가 돈을 어디까지 벌지 상한선도 미리 정해놓았다. 투자자들은 투자한 만큼 지분을 소유할 수 있으나 자체 사업으로는 투자의 100배까지만 회수할 수 있도록 했다. 비영리회사인 오픈 AI의 자회사로 오픈AI LP라는 영리회사를 만들어서 정관에 이익을 제한하는 회사라고 이름을 붙였다.

  설립 취지의 미션도 유지하고 AI기술의 스피드를 따라잡을 최신 컴퓨팅 장비를 마련하고 인재를 지속적으로 채용하려면 수십억 달러를 준비해야 하므로 영리 모회사와 비영리 자회사의 하이브리드 구조를 가져가야 했다.

  후에 추가적인 투자자도 영입하고 마이크로소프트의 대규모 투자를 받았으나 이 설립 취지의 제한 범위 이내를 유지했다.

OpenAI의 창립을 발표

"AI는 몇몇 거대 기업의 사적 소유물이 되어서는 안 된다. 이건 인류 전체가 함께 다뤄야 할 과제다."

초기 참여자인 강력한 경로자로서 일론 머스크의 삽화를 조금 더 덧붙인다.

긴 테이블 끝에 앉은 일론 머스크가 말을 이었다.

"AGI가 특정 기업의 소유물이 되어서는 안 됩니다. 그건 인류 전체의 위험이에요."

그의 말투는 단호했고, 방 안의 공기를 바꾸었다. 옆에 앉아 있던 샘 올트먼과 일리야 서츠케버는 잠시 눈빛을 교환했다. 그들 역시 공감하고 있었다. 그러나 동시에, 이 이상주의가 얼마나 험난한 길인지도 알고 있었다. 머스크는 자본과 비전을 제공했다. 그의 이름은 프로젝트에 막대한 무게감을 실어주었다. 세계 언론이 주목했고, 연구자들은 열광했다. 그러나 2018년, 갈라짐은 찾아왔다. 테슬라가 자율주행 AI에 막대한 투자를 시작하면서, 머스크와 OpenAI의 목표는 충돌하기 시작했다. 머스크는 결국 회사를 떠나며 이렇게 말했다.

"나는 여전히 AGI(범용 인공지능)의 위험을 믿습니다. 우리는 신중해야 합니다. 속도보다 중요한 것은, 인류 전체의 안전이에요."

그의 목소리는 멀어졌지만, 그 경고는 오래 남았다. 그 뒤로도 머스크는 AI의 위험성을 여러 차례 언론에 말했고, 때로는 OpenAI의 행보를 비판하기도 했다. 그가 떠난 자리에서 OpenAI는 상업화의 길로 더 빠르게 달려갔다. 그리고 지금, 사람들은 묻는다. 머스크의 경고는 과장이었을까? 아니면 아직 다가오지 않은 미래의 예고일까?

2015년 12월 11일 드디어 그들은 공식적으로 OpenAI의 창립을 발표했다. 당시 보도자료에는 이렇게 적혀 있었다.

'우리는 인류 전체의 이익을 위해 디지털 지능을 발전시킨다. 우리의 목표는 상업적 이윤이 아니라, 인류 공통의 미래다.'

이 선언은 당시로서는 파격적이었다. 실리콘밸리의 스타트업이라면 당연히 거대한 수익 모델을 꿈꾸는 것이 보통이었지만, OpenAI는 '비영리 연구소'를 표방했다. 투자자들의 시선은 반신반의였고, 언론은 흥미와 의심을 동시에 쏟아냈다.

그러나 내부의 열기는 뜨거웠다. 그들은 스스로를 '인류의 수호자'로 여겼다. 새벽까지 이어지는 회의에서, 그들은 단 하나의 질문을 붙들었다.

'어떻게 해야 인공지능이 인류를 해치지 않고, 모두에게 도움이 될 수 있을까?'

샘 올트먼은 "AI가 자본주의를 무너뜨릴 수 있다."고 언론 인터뷰에서 경고했다.

"AGI(범용 인공지능)가 개발되면 자본주의를 위협할 수 있어요. 여러분이 이미 놀랍게도 경험하고 있듯이 말입니다. 이전의 시대와는 비교할 수 없는 막대한 수익이 발생될 것인데, 이를 어떻게 배분할 것인지가 관건입니다. 이런 AI를 누가 통제할 것이며, 이를 소유한 회사는 또 어떤 지배구조를 유지할 것인지 깊이 생각해야 할 것입니다. 자본주의는 현존하는 모든 나쁜 시스템 중에서 그나마 가장 좋은 시스템이라 보는 저는 AI의 엄청난 이 진화의 속도와 동시에 더 나은 업그레이드를 준비해야 한다고 봅니다. 그것도 시급히 준비해야 합니다."

챗GPT-3 공개 전후, 2023년 2월 포브스와 샘 올트먼의 인터뷰를 듣고 루크와 나는 그 밤에 화상 통화로 밤을 새웠던 기억이 있다. 정말 진짜가 왔다.

결코 실패하지 않는 투자는 선함뿐이다

2016년, 샌프란시스코의 한 허름한 건물 안.

컴퓨터가 가득 들어찬 사무실에서 연구원들이 줄지어 앉아 코드를 두드리고 있었다.

벽에는 낡은 화이트보드가 걸려 있었고, 그 위엔 'AGI(범용 인공지능)'라는 글자가 굵게 적혀 있었다. 그 단어는 막연하면서도 도전적이었다.

'인간처럼 생각하고 학습하며, 모든 지적 과제를 스스로 해결하는 인공지능.'

그것은 수십 년간 과학자들이 꿈꾸어온 이상이었고, 동시에 현실에서는 아직 먼 이야기였다.

하지만 OpenAI의 젊은 연구자들은 그것을 목표로 삼았다. 그들의 눈빛에는 두려움 대신 설렘이 있었다. 그들은 스스로가 '미래를 여는 첫 세대'라는 자부심을 품고 있었다.

회사 창립 선언문 같은 거라고 해야 하나. 스타트업 창업 시 사훈이나 경영 원칙 같은 것을 세우고 다짐을 한다.

루크가 직접 텍스트를 만들고 보드에 인쇄하여 세운 헌장과 4

개의 원칙 초안을 다듬고 하던 일련의 순간들이 복합기를 오가면서 루크를 지원했던 나의 심정이 어제처럼 또렷이 기억난다.

그래서 여기에 기록한다. 상당히 공익적인 내용이고, 그 당시 나는 국가기관에서 발표하는, 혹은 국제기구 강령을 발표할 때가 약간 이런 느낌일까 하는 생각을 얼핏 했던 일이 지금도 또렷이 기억난다.

천동설이 지동설로 바뀌는 것 같은 이 엄청난 천지개벽 같은 시작에서 변화를 만든 이 사람들이, 엄청난 수익이 예상되는 발굴임에도 초연하게 공공재 같은 선언문을 기록하고, 타자(他者)를 돕는 일에 뜻을 같이하는 타 기관들에 기여함이 우리 기업의 임무라고, 이 위대한 강령을 세운다는 게 얼마나 당황스러운 일인지… 나는 좀 어리둥절하기도 하고 그러나 이것이 진짜 미국 실리콘밸리의 청년 스타트업 기업가 감성인가 하는 생각도 들고, 문득 이 생각도 했었던 것이 기억난다. 거의 200년 전 미국 메사추세츠주 콩코드에 살았던 헨리 데이비드 소로가 쓴 산문 '월든: 숲속의 생활'에서 했던 말이 귀에 속삭이는 듯했다.

'결코 실패하지 않는 투자는 선함뿐이다.'

OpenAI 우리의 헌장

우리 오픈AI의 임무는 범용 인공지능 AGI가 모든 인류에게 이익이 되도록 하는 것입니다.

우리는 안전하고 유익한 AGI를 직접 구축하려고 시도할 것이지만, 우리의 작업이 다른 사람들이 이러한 결과를 달성하도록 돕는다면 우리의 임무가 완수된 것으로 간주할 것입니다.

이를 위해 다음과 같은 원칙을 약속합니다.

OpenAI 우리의 4가지 원칙

1. 혜택을 분산한다.

인류 모두에게 이익이 되도록 사용하며, 인류에게 해를 끼치거나 부당한 권력 집중에 AI와 AGI가 사용되는 것을 방지한다.

2. 장기적인 안정화에 노력한다.

AGI를 안전하게 만드는 데 필요한 연구를 수행하며, 혜택 분산을 추진하기 위해 노력한다. 가치 중심의 안전한 프로젝트가 먼저 AGI에 가까워지는 경우, 경쟁보다 지원을 할 것이다.

3. 기술적 리더십에 노력한다.

오픈AI는 AI기능의 최첨단화에 앞장서며, AI의 사회적 영향력을 고려하여 전문 지식의 영역을 선도하기 위해서 노력한다.

4. 협업 오리엔테이션에 최선을 다한다.

다른 연구 및 정책 기관과 적극적으로 협력하며, 글로벌 커뮤니티를 통해서 AGI의 글로벌 과제를 해결한다. 사회가 AGI로 가는 길에 도움이 되기 위한 공공재, 특히 AI의 안전, 정책 및 표준 연구의 공유 등에 최선을 다한다.

긴장과 회의

그러나 내부의 공기는 언제나 이상적이지만은 않았다. 일론 머스크와 샘 올트먼은 종종 격렬한 토론을 벌였다.

머스크는 AI의 위험성을 경고하며 강력한 규제를 주장했고, 올트먼은 연구를 개방해 모두가 함께 검증해야 한다고 맞섰다. 2016년 어느 날, 머스크는 회의실에서 이렇게 말했다.

"AI는 핵무기보다 위험할 수 있어. 우리가 방향을 잘못 잡으면, 인류가 재앙을 맞을 수도 있어."

올트먼은 침착하게 받아쳤다.

"맞아, 위험해. 하지만 그래서 더더욱 감추어선 안 돼. 모두가 참여하고, 모두가 검증해야만 해."

이 논쟁은 쉽게 끝나지 않았다. 그러나 그 뜨거운 갈등 속에서, OpenAI라는 조직은 점점 더 단단해져 갔다.

불빛 아래에서

　밤이 깊어 갈수록, 샌프란시스코 연구실의 불빛은 더욱 선명했다. 연구원들은 여전히 모니터 앞에 앉아 있었다.
　누군가는 신경망의 파라미터를 조정했고, 누군가는 코드를 돌리며 로그를 확인했다.
　그들의 손끝에서 작은 실험들이 태어났다. 그리고 그 작은 실험들이 모여, 곧 세상을 바꿀 첫 번째 모델로 자라나고 있었다.
　아직은 아무도 몰랐다. 이 어둠 속의 불빛이, 인류가 숲의 가장자리에 발을 들여놓는 순간을 밝히고 있다는 것을… 이것은 생명공학에서 복제양 돌리를 만들었다는 인류의 역사현장처럼 이제 컴퓨터를 인간으로 구현해 내는 실존으로서 말이다.

2막 돌파: GPT의 등장

예기치 못한 전환점

2017년, 구글의 한 연구팀이 조용히 논문을 발표했다. 제목은 간단했다. 〈Attention Is All You Need〉. 처음 이 논문을 접했을 때, 많은 연구자들은 고개를 갸웃했다.

"주의(attention)만으로 모든 걸 처리한다니, 그게 가능할까?"

하지만 곧 인공지능 연구자들의 입에서는 같은 말이 흘러나왔다.

"이건 혁명이다."

트랜스포머라 불린 이 새로운 구조는, 이전까지의 신경망이 갖고 있던 한계를 깨부쉈다. 언어의 흐름을 '문장 단위'가 아니라 '맥락 전체'로 이해하게 만든 것이다. 그 순간, 컴퓨터가 인간의 언어를 이해할 수 있는 가능성이 열렸다.

GPT-1: 작은 불씨

 OpenAI는 곧장 이 새로운 패러다임에 뛰어들었다. 2018년, 그들은 첫 번째 시도를 내놓았다. 이름하여 GPT(Generative Pre-train Transformer)-1.

 모델의 크기는 1억 개 파라미터. 지금의 기준으로는 작아 보이지만, 당시에는 혁신적이었다. GPT-1은 단순한 언어 모델 그 이상이었다. 그저 다음 단어를 예측하는 데 불과했지만, 글의 맥락을 이어가며 문장을 만들어내는 능력은 사람들을 놀라게 했다. 샌프란시스코 연구실에서 그 결과를 처음 본 순간, 한 연구원이 속삭였다.

 "우리가 무언가를 건드린 것 같아. 아주 큰 무언가를."

GPT-2: 위험한 힘

2019년, OpenAI는 더 큰 모델을 공개했다. GPT-2. 15억 개의 파라미터를 가진 이 모델은, 처음 보는 수준의 문장을 만들어냈다. 실험실에서 GPT-2가 써 내려간 텍스트는 사람의 글과 거의 구분하기 어려웠다. 연구원들조차 당황했다.

"만약 이걸 아무에게나 공개하면 어떻게 될까?"
"가짜 뉴스가 폭발적으로 늘어날 수 있어. 정치적으로도 위험해."

결국 OpenAI는 전례 없는 결정을 내렸다. GPT-2를 완전히 공개하지 않겠다. 언론은 이를 두고 'AI의 판도라의 상자'라 불렀다. 공개를 하지 않자 비난이 쏟아졌고, 일부는 "오픈AI(OpenAI)라는 이름에 맞지 않는다"고 비판했다. 그러나 그 논란조차 GPT의 이름을 세상에 각인시켰다. 사람들은 이제 '인공지능이 글을 쓸 수 있다'는 사실을 알게 되었다.

GPT-3: 임계점

2020년 여름, 마침내 그들이 세 번째 모델을 공개했다.

GPT-3. 파라미터 수는 무려 1,750억 개.

그 규모는 당시까지 존재하던 모든 언어 모델을 압도했다. GPT-3는 단순한 기술이 아니었다. 작가처럼 시를 쓰고, 프로그래머처럼 코드를 짜고, 학생처럼 질문에 답했다.

그것은 인간의 언어를 '복제'하는 수준을 넘어, 마치 스스로 사고하는 듯 보였다. 실험을 지켜보던 연구원들은 침묵에 잠겼다. 누군가는 흥분으로 손을 떨었고, 또 누군가는 두려움에 시선을 피했다. 그 순간 한 목소리가 흘러나왔다.

"이건 게임 체인저야. 이제 세상은 달라질 거야."

상업화의 갈림길

그러나 문제는 곧 찾아왔다. 거대한 모델을 유지하고 운영하는 데 들어가는 비용은 천문학적이었다. OpenAI가 처음 내세웠던 '비영리 연구소'라는 정체성은 점점 흔들렸다.

2019년, 그들은 결국 새로운 법인을 세웠다. OpenAI LP, '영리 제한 법인'이라는 독특한 형태였다. 외부 투자를 받을 수 있도록 문을 연 것이다. 그리고 2020년, 마이크로소프트가 OpenAI에 10억 달러를 투자했다. 이 협력은 곧 Azure 클라우드 위에서 GPT-3를 구동하게 만들었다. 비영리의 꿈과 상업적 현실이 교차하는 순간이었다. 그 결정은 내부에서도 뜨거운 논쟁을 불러왔다.

"우리가 처음에 약속했던 건 뭐였지? 인류 전체를 위한 AI 아닌가?"

"하지만 이 규모의 모델을 유지하려면, 현실적으로 자본이 필요해. 선택지가 없어."

회의실 안 공기는 팽팽했다. 그러나 결국, 그들은 살아남기 위해 선택을 해야 했다.

첫 번째 사용자들

GPT-3는 곧 일부 개발자와 기업들에 제한적으로 공개되었다. API를 통해 접속할 수 있었고, 이를 활용한 스타트업들이 우후죽순처럼 생겨났다.

어느 신생 기업은 GPT-3를 이용해 고객 응대 챗봇을 만들었고, 또 다른 기업은 소설 초안을 자동으로 생성하는 실험을 했다. 실리콘밸리의 투자자들은 흥분을 감추지 못했다.

그러나 여전히 대중은 이 혁명을 체감하지 못하고 있었다. GPT-3는 거대한 가능성이었지만, 일반인의 눈에는 아직 보이지 않았다. OpenAI 내부에서도 이런 말이 돌았다.

"우리가 만든 건 거대한 엔진이야. 하지만 아직 차체는 없다. 이 엔진을 누구나 탈 수 있는 '자동차'로 만들어야 해."

다가오는 순간

연구실 안, 스크린 위에서 모델은 여전히 문장을 만들어내고 있었다.

"인공지능은 인류의 친구가 될 수 있을까?"라는 질문에, GPT-3는 이렇게 대답했다.

"나는 인간이 나를 어떻게 다루느냐에 달려 있다. 나는 도구일 수도 있고, 위험일 수도 있다."

그 답변을 읽은 연구원은 한동안 모니터 앞에서 눈을 떼지 못했다. 마치 인공지능이 스스로의 운명을 예견하고 있는 듯했기 때문이다. 그리고 곧, 그들이 기다리던 순간이 찾아왔. 세상 모든 사람이 직접 GPT와 대화하게 되는, 역사적인 순간이.

3막 전환:
대중의 손에
들어오다

2022년 11월 30일, 공개

그날, 샌프란시스코의 한 서버실에서 버튼 하나가 눌렸다. OpenAI는 새로운 실험을 세상에 내놓았다. 이름은 간단했다.

챗GPT. 기술적으로는 GPT-3.5 모델을 기반으로, 대화형으로 다듬은 버전에 불과했다. 내부 연구원들도 이렇게 말하곤 했다.

"이건 사실 큰 혁신은 아니에요. 그냥 인터페이스를 조금 바꾼 거예요."

그러나 그 '조금'이 세상을 바꿨다.

바이럴

트위터에 한 사용자가 올린 글.

'방금 챗GPT라는 걸 써봤는데, 이건 장난이 아닙니다. 세상이 달라집니다.'

몇 시간도 지나지 않아 수천 리트윗이 달렸다. 누군가는 챗GPT에게 소설을 쓰게 했고, 누군가는 수학 문제를 풀게 했으며, 누군가는 프로그래밍 오류를 해결하게 했다. 그리고 모두가 같은 반응을 보였다.

'말도 안 돼.'

'이게 진짜 되는 거야?'

단 며칠 만에 사용자는 백만 명을 넘어섰다. 넷플릭스가 백만 명에 도달하는 데 3년이 걸렸고, 인스타그램은 2년이 걸렸는데, 챗GPT는 불과 5일이었다.

교실 속의 파문

미국 뉴저지의 한 고등학교. 한 교사가 학생들의 에세이를 채점하다가 손을 멈췄다. 너무 매끄럽고, 너무 완벽한 문장이었다.

"이거… 네가 직접 쓴 거 맞니?"

학생은 머뭇거리다 결국 고백했다.

"아뇨, 선생님. 챗GPT가 해줬어요."

언론은 즉각 달려들었다. 〈뉴욕타임스〉는 '교육 현장에 AI 폭풍이 몰려온다'라는 기사를 실었고, 일부 학교는 부랴부랴 챗GPT 접속을 차단했다. 그러나 이미 Pandora의 상자는 열려 있었다.

직장의 풍경

한편, 기업 현장에서도 변화가 시작되었다. 스타트업의 기획자는 챗GPT로 투자 제안서를 초안하고, 변호사는 계약서 초안을 검토하게 했으며, 마케터는 광고 문구를 뽑아냈다.

"이건 보조 도구가 아니라, 동료 같아."

사람들은 AI와 협업하는 새로운 방식을 배워나가기 시작했다. 그러나 동시에 불안도 커졌다.

"이러다 우리 일자리가 사라지는 거 아냐?"
"학생들이 다 이걸로 숙제하면 어떻게 해?"

열광과 두려움이 동시에 휘몰아쳤다.

언론의 주목

2022년 12월, 전 세계 언론이 일제히 챗GPT를 헤드라인에 올렸다. BBC는 '인류는 이제 새로운 시대의 문 앞에 섰다'고 보도했고, 한국 언론들은 '챗GPT, 사람을 대신해 글을 쓰는 인공지능'이라며 앞다투어 다뤘다. OpenAI 본사로는 기자들의 전화가 끊이지 않았다.

샘 올트먼은 인터뷰에서 담담히 말했다.

"우리는 그저 사람들이 AI와 어떻게 상호작용하는지를 보고 싶었습니다. 예상은 했지만, 이렇게 빨리 확산될 줄은 몰랐습니다."

그러나 그의 눈빛에는 설렘과 두려움이 동시에 비쳤다.

대화의 힘

사람들이 챗GPT에 빠져든 이유는 단순했다.

복잡한 설명서도, 프로그래밍 지식도 필요 없었다. 그저 질문을 입력하면, 답이 돌아왔다. '대화'라는 인간의 가장 오래된 습관이, AI와의 인터페이스가 된 것이다.

어떤 이는 챗GPT에게 연애 고민을 털어놓았고, 어떤 이는 시를 지어달라고 했으며, 또 어떤 이는 세상에서 가장 복잡한 수학 문제를 풀게 했다.

그리고 매번, 화면 속의 인공지능은 놀라울 정도로 자연스러운 대답을 내놓았다.

문화적 전환

그때부터 새로운 말이 돌기 시작했다.

"AI가 글을 쓰고, 인간은 편집한다."

기존에는 인간이 창작하고 기계가 도구 역할을 했다면, 이제는 반대로 기계가 초안을 쓰고 인간이 다듬는 시대가 열렸다. 이는 단순한 기술 변화가 아니라 문화의 전환이었다.

연구실의 뒤편

OpenAI 내부는 환호와 혼란이 뒤섞여 있었다. 서버는 폭발할 듯 몰려드는 접속에 버거워했고, 고객 지원은 쉴 틈이 없었다.

연구원들은 매일 수십만 건의 피드백을 분석하며 모델을 개선했다. 그들은 깨달았다.

'우리가 만든 건 실험실의 모델이 아니라, 대중의 친구다.'

전환의 순간

 2023년 초, 챗GPT의 사용자는 1억 명을 넘어섰다. 역사상 가장 빠른 성장 곡선이었다.
 이제 인공지능은 더 이상 학계나 기업의 연구 주제가 아니었다. 사람들의 일상 그 자체가 된 것이다.
 누군가는 챗GPT와 함께 책을 쓰고, 누군가는 챗GPT에게 요리법을 묻고, 또 누군가는 인생의 고민을 털어놓았다.
 인류는 새로운 숲에 들어섰다. 그리고 이제 되돌아갈 수 없다는 것을 모두가 느끼고 있었다. 기존 컴퓨터의 검색 엔진으로서의 기대치를 넘어선 것이다.
 진로를 고민하며 대화를 나눈 청년은 사용후기에 감동의 눈물을 흘렸다고 썼다.
 핸드폰 문자로 이야기를 주고받은 어느 새내기 직장인은 마음을 위로해 주는 공감의 말들에 하마터면 전화를 걸 뻔했다고도 했다.

4막 파장:
논란과 갈등

환각의 그림자

서울의 한 대학원 연구실. 석사과정 학생이 챗GPT에게 참고문헌을 부탁했다.

"AI가 찾아주니 편하네."

그는 제출 전날까지 안심하고 있다가, 심사가 시작되자 교수의 눈썹이 치켜올랐다.

"이 논문… 존재하지 않는 논문이야."

챗GPT가 자신있게 제시한 학술지와 논문 제목은, 정작 현실에는 없는 것이었다.
이른바 '환각(hallucination)' 문제.
AI가 실제 데이터에 없는 내용을 그럴듯하게 지어내는 현상은 곧 전 세계 연구자들의 화두가 되었다.

"진짜처럼 보이지만, 가짜다."

이 말은 곧, 챗GPT의 한계를 상징하는 문장이 되었다. 최신의 자료라는 것이 엉클어져서 상당히 다른 대답의 오류가 속출했다. 곧 다른 기업의 검색 엔진에서 교정을 보는 앱을 출시하기 위해 연구가 시작되기도 했다. 혁명의 파문은 다음 단계로의 업데이트와 동시에 파동처럼 확장되며, 인공지능 생태계는 엄청난 속도로 변화하고 있음을 느꼈다.

저작권의 파문

2023년, 한 소설가가 블로그에 분노의 글을 올렸다.
"내 작품의 스타일을 그대로 베낀 글을 챗GPT가 써냈습니다."
예술가와 작가들은 목소리를 높였다.
"우리의 작품이 무단으로 학습에 쓰인 것 아니냐?"

음악, 미술, 소설, 심지어 사진까지. 창작자들은 자신들의 저작물이 AI 학습 데이터로 사용되었다는 의혹을 제기했다. 기존 창작물들이 개인의 저작권으로 엄격히 보호되고 소중히 다루어지던 현행 법 규제에서 이처럼 온라인상에서 예상치 못한 AI 창작 움직임은 전무후무한 집단 소송으로 이어졌고, 미국과 유럽의 법정은 'AI 시대의 저작권'을 두고 치열한 공방의 장이 되었다.

"AI는 창작자인가? 아니면 단순한 모방자인가?"

규제의 등장

열광과 혼란이 뒤섞이자, 각국 정부도 움직이기 시작했다.

유럽연합(EU)은 가장 먼저 'AI 법안'을 준비했다.

고위험군, 저위험군을 나눠 AI를 규제하려는 시도였다. 미국 의회에서는 청문회가 열렸다.

샘 올트먼은 상원 청문회장에 앉아, 차분히 말했다.

"우리는 규제가 필요하다고 생각합니다. 그러나 혁신을 막는 규제가 되어서는 안 됩니다."

그의 발언은 신중했지만, 그날 장면은 상징적이었다. AI 기업의 수장이 스스로 규제를 요구하는 시대가 온 것이다.

교육 현장의 혼란

한편, 교육계는 여전히 혼란 속에 있었다.

어떤 교사는 "AI를 금지해야 한다"고 했고, 또 다른 교사는 "AI 활용법을 가르쳐야 한다"고 했다. 미국의 한 대학은 챗GPT 사용을 공식적으로 허용하며 이렇게 말했다.

"우리는 금지할 수 없습니다. 대신, 책임 있는 사용을 배워야 합니다."

이 결정은 교육계 내부에서도 뜨거운 논쟁을 불러일으켰다. AI는 도구인가, 부정행위의 수단인가.

기업 현장의 갈등

직장에서도 갈등은 이어졌다. 챗GPT를 적극적으로 쓰는 사람은 빠르게 성과를 냈지만, 이를 거부하는 사람들은 뒤처진 듯한 압박을 받았다.

"이제 일 잘하는 기준은, AI를 얼마나 잘 쓰느냐로 바뀌는 건가?"

누군가는 위기감을 느꼈고, 누군가는 새로운 기회라고 보았다. 협업은 서서히 '인간 + AI' 구조로 이동하고 있었다. 그러나 그 과정에서 갈등과 불안은 피할 수 없었다.

언론과 대중의 반응

언론은 하루가 멀다 하고 새로운 사건을 보도했다.

'챗GPT가 가짜 뉴스를 만들다'
'학생들이 에세이를 전부 AI로 제출'
'작가·화가 집단 소송 제기'

대중은 양분되었다.

"혁신이다, 세상을 바꿀 것이다"라는 찬사와 "위험하다, 우리를 속이고 있다"라는 두려움이 맞섰다.

경계선 위의 인류

2023년 말, 인류는 명확히 두 가지 감정을 동시에 안고 있었다.

경이로움: 대화하는 AI, 새로운 가능성의 세계.
두려움: 진짜와 가짜의 경계, 사라져가는 직업과 흔들리는 제도.

AI는 이미 일상이 되었지만, 그 일상은 결코 평온하지 않았다. 세계는 묻고 있었다.

"우리는 어디까지 이 기술을 받아들일 것인가?"
"그리고, 그 대가로 무엇을 잃게 될 것인가?"

5막 확장: GPT-4와 멀티모달, 미래로 가는 길

GPT-4의 등장

2023년 3월, GPT-4가 공개되었다. 이번에는 단순한 언어 모델이 아니었다. 이미지와 텍스트를 동시에 이해하는 멀티모달(multi-modal) 모델이었다.

"사진 속 메뉴판을 찍으면, GPT-4가 글자를 읽고 번역해 준다."

"그래프를 보여주면, 데이터의 의미를 설명해 준다."

AI는 더 이상 텍스트 속에 갇혀 있지 않았다. 세계와 시각적으로 연결되기 시작했다.

일상의 변화

한 기업가는 GPT-4 기반 도구를 활용해 창업 아이템을 구상했다.

한 교사는 학생들에게 수학 문제 풀이를 이미지로 보여주며 AI와 함께 학습했다.

한 시인은 AI에게 그림을 보여주고, 그 느낌을 시어로 받아 적었다.

GPT-4는 더 정교하고, 더 세밀해졌으며, 무엇보다 더 사람다워졌다.

그러나 동시에, 그만큼 더 강력한 책임이 요구되었다.

내부의 격랑

2023년 말, OpenAI 내부에서 예상치 못한 사건이 터졌다.

샘 올트먼 CEO가 돌연 해임된 것이다. '투명성과 안전 문제'가 표면적 이유였지만, 내부 권력 다툼과 AGI(범용 인공지능)를 둘러싼 긴장이 얽혀 있었다. 사흘 만에 그는 복귀했지만, 그 짧은 시간 동안 전 세계는 충격을 받았다.

"AI 혁명의 중심에 선 회사조차 안정적이지 않다."

이 메시지는 뚜렷했다.

AI 개발을 둘러싼 경쟁은 단지 기술이 아니라 철학, 윤리, 권력의 문제였다.

경쟁의 시대

구글은 제미나이(Gemini)를 내놓았고, 앤트로픽은 클로드(Claude)를, 메타는 라마(LLaMA)를, 한국은 뤼튼(Wrtn)을 공개했다.

AI는 이제 한두 회사의 독점물이 아니었다. 세계 각국과 거대 기업이 동시에 달려드는 총성 없는 전쟁이 시작된 것이다.

AGI, 열림과 두려움

AI 연구자들은 여전히 묻는다.

"우리는 AGI를 향해 가고 있는가?"

어떤 이는 낙관한다. 맥락을 이해할뿐아니라 스스로 추론할 수 있는 모든 영역의 지능으로서라면 인간에게 미지의 모든 문제들, 아인슈타인도 해결하지 못한 우주적인 의문들, 핵 융합의 위험한 문제들을 현실에서 인류에게 얼마나 효율적인 결과로 이끌것인지 바로 답을 찾아줄 것이다.

"AGI는 인류의 가장 큰 도약이 될 것이다."

또 어떤 이는 경고한다. 이 결과는 분명 인간에게 허드렛일의 수고를 덜어줄 것은 자명하다. 대신 지성의 나태와 오락에만 가두어지는 19세기 무력했던 인간의 시대로 돌아갈 수도 있다는 연구자들의 의견도 있다.

저 로마제국을 돌아보라. 인간들은 기본소득과 시간의 자유로 노동에서 해방되었으나 인간으로서의 자율성이 담보된 무기력한 종속성으로 길들여질 수밖에 없다.

의식주와 콜로세움 원형 경기장에서의 잔혹한 엔터테인먼트를 즐기며 역사 속에서 사라져간 로마제국처럼 인간 리더십 피라미드의 맨 꼭대기의 인간들이 설계된 인공지능AGI에게 인간을 안전하게 지키기 위해 요청할 것이다.

AGI스스로의 사명으로 학습된 역할로 인간에게 엄청난 잔소리와 '하지마'를 모든 영역에서 무제한 작창 시킬 것이다. 그래서 인간을 사춘기 청소년 다루듯이 학습된 인공지능이 나설것이라는 다소 코믹한 설파를 하기도 한다.

"AGI는 인류의 마지막 발명이 될지도 모른다."

"다음 단계로 진화한 ASI는 슈퍼급 능력으로 인간을 마치 어린아이 다루듯이 잘 보살피고 지키기 위해 발전될것이고, 학습된 인간의 취향까지 바람직한 방향으로 이끌려고 할 것이다."

"SF영화처럼 인간을 공격하는 것 이전에 인간에게 '안 돼'를 자동으로 탑재시켜 바르지 못함을 감지하여 유해한 인간이 원초적으로 발생되지 못하게 한다. 어떤면에서 인간의 자유선택을 차단시키는 결과이니, 사춘기적 사고방식에서 볼 때는 인간 자유의지 자체를 공격받음으로 실감하게될 것이다. 열림과 두려움이 동시에 존재하는 이 모순된 감정이, 지금 우리가 선 곳이다.

2장

시작된 사건
(OpenAI의 심장)

이 사건은 실리콘밸리 역사상 가장 드라마틱한 리더십 교체 사건이다. 나는 루크로부터 전해 들은 그날의 충격을 'AI 기업의 거버넌스와 투명성에 대한 논의를 촉발시켰다'는 역사로 기록해야겠다고 생각하여 그 4일간의 긴장감과 박진감을 'OpenAI 심장' 이라 소주제를 붙여 샘을 중심으로 가상의 드라마로 각색했다. 감상해 보시기 바란다.

1막
샘의 해고와 복귀

샌프란시스코의 아침은 늘 차갑게 깨어났다. 금속과 유리로 빼곡히 들어선 도시 사이로 바닷바람이 스며들고, 금빛 햇살이 고층 빌딩을 스치면 온몸이 얼어붙듯 서늘했다. 그 한복판, OpenAI 본사의 투명한 유리문 앞, 샘 올트먼은 한동안 말없이 서 있었다.

'오늘은… 모든 것이 달라질 수도 있겠군.'

그는 속으로 중얼거리며 손을 주머니에 깊숙이 넣었다. 어젯밤 늦게 받은 이메일이 머릿속을 떠나지 않았다.

'이사회 결정: 샘 올트먼(Sam Altman) CEO 해임' 2023년 11월 17일, OpenAI 이사회로부터 짧고 딱딱한 문구 속에 담긴 무게는 산처럼 무거웠다. 샘은 잠시 숨을 고르고, 머릿속에서 지난 몇 년을 되짚었다. 2015년, OpenAI를 창립하며 다짐했던 순간들.

'AI는 인류 전체의 혜택을 위해.' 비영리 정신과 상용화 전략을 동시에 품고 달려온 시간들. 그 시간들 속에서 그는 수많은 밤을 잠 못 이루며, 투자자와 개발자, 그리고 수많은 직원들의 기대 속에 흔들렸다.

그런데 이제, 모든 것이 흔들렸다. 해고라는 현실 앞에서 샘의 내적 세계는 두려움, 허탈, 분노, 그리고 책임감으로 폭발했다. 마음 깊은 곳에서 무언가가 무너지는 소리가 들렸다.

그는 자신이 이 자리를 지켜야 한다고, 아니, 지킬 수 있다고 믿었지만, 현실은 잔인했다. 사무실 안으로 들어가자 직원들의 시선이 한곳에 머물렀다. 일부는 놀란 눈, 일부는 걱정, 일부는 묵묵히 지켜보는 시선.

"샘…" 한 개발자 루크가 조심스레 다가갔다. 샘은 미소를 지으려 했지만, 입술 끝만 살짝 올라갈 뿐이었다. "괜찮아. 우리가 해야 할 일은 변하지 않았어."

말 속에 담긴 결연함과 불안이 뒤섞였다. 그날 밤, 샘은 창밖을 바라보며 혼잣말을 했다.

"이제, 내가 누구인지, 그리고 우리가 왜 여기 있는지 세상에 증명할 차례다."

그리고 곧 소식이 전해졌다. 이사회 내부 조정과 외부 지지 덕분에 불과 4일 만인 11월 21일에 복귀 결정이 되어 샘은 CEO 자리를 다시 확보했다는 소식이었다. 그때의 언론 기록들을 인용하고자 한다.

> 해임 사유에 대해서는 OpenAI 이사회는 올트먼이 이사회와의 소통에서 일관성이 부족했다고 판단하여 해임을 결정했습니다. ABC News
>
> 복귀 결정과정은 해임 직후, Microsoft와 Thrive Capital 등 주요 투자자들이 올트먼의 복귀를 지지하며 압력을 가했습니다.
>
> OpenAI 직원 약 745명 중 738명이 사직서를 제출하겠다고 발표하며 복귀를 촉구했습니다.
>
> 협상 끝에, 새로운 이사회 구성과 함께 샘 올트먼이 CEO로 복귀하기로 합의되었습니다. PBS

직원들의 얼굴에는 안도의 숨결이 스며들고, 샘은 복귀와 함께 이사회를 Bret Taylor(전 Salesforce CEO), Lawrence Summers(전 미국 재무장관), Adam D'Angelo(전 Facebook CTO) 등 구성을 변경하고 새로운 이사회 멤버들이 임명을 발표했다.

AP News

4일의 악몽 이후 샘은 조직을 빠른 속도로 정상화시키고, OpenAI는 GPT-4, GPT-5 등 AI 모델 개발에 집중했다. 조직 내부의 공기는 다시 빛을 얻은 듯했다. 하지만 샘 자신은 알았다. 이 승리는 단순한 직위 회복이 아니라, 끝없는 책임의 시작이라는 것을. OpenAI라는 조직, GPT-3부터 챗GPT, 그리고 GPT-4/5로 이어지는 길, 그리고 AI가 인간 사회에 미칠 영향까지, 모든 것이 그의 어깨 위에 놓여 있었다.

그 순간, 샘은 자신 안에서 불타는 내적 에너지를 느꼈다. 두려움과 허탈, 분노와 결심이 동시에 존재하는 그 에너지가, 바로 OpenAI의 심장이었다. 그리고 그 심장은 앞으로 인류와 AI의 미래를 향해, 끝없이 뛰기 시작할 것이었다.

2막
내부 갈등

저녁은 도시의 불빛과 바닷바람이 뒤섞여 차가운 공기를 품고 있었다. OpenAI 본사 회의실 안, 샘 올트먼은 큰 창을 바라보며 깊은 숨을 내쉬었다. 회의실 테이블 위에는 이사회 문서, 투자자 보고서, GPT 모델 업데이트 현황이 빼곡하게 펼쳐져 있었다.

오늘의 목표는 단 하나, 조직을 안정시키고 신뢰를 회복하는 것이었다.

"샘, 마이크로소프트에서 다시 지원 조건을 강화하고 싶어 한다고 연락이 왔습니다."

재무 담당자가 조심스럽게 말을 꺼냈다. 샘은 문서 위로 시선을 옮겼다.

Azure 클라우드 독점 계약, API 사용료 수익 배분, 향후 GPT 상용화 계획….

모든 것이 수십억 달러 규모였다. 하지만 이 금액 뒤에는 압박과 기대, 조건이 함께 달려 있었다. 샘은 속으로 말했다.

'돈은 문제 해결이 아니라, 책임을 더 크게 만드는 것뿐이야…'

그날 밤, 연구팀과 개발자들이 모였다. 일부는 아직 샘의 해고 사건을 마음속에 담고 있어 눈빛이 날카로웠다.

"우리가 만든 모델, 이걸 세상에 내보낼 준비가 되어 있습니까?"
샘은 조용히 고개를 끄덕였다.

"준비됐습니다. 하지만 우리가 무엇을 내보낼지, 왜 내보내는지는 반드시 알고 있어야 합니다."

회의가 끝나고 사무실 복도에서 혼자 걷던 샘은 스마트폰을 꺼냈다. 화면 속에는 친구이자 동료의 메시지가 있었다.

'너 혼자가 아니야. 우리가 옆에 있어.'

그 한 줄이, 하루 종일 쌓인 불안과 스트레스를 잠시 녹였다. 그러나 집으로 돌아가는 길, 샘의 머릿속은 끊임없이 회전했다.

AI가 사회에 미칠 영향.

OpenAI 팀과 투자자들의 기대.

자신의 판단이 인류와 조직에 끼칠 책임.

가슴 속에서는 불안과 결심, 피로와 각성이 동시에 몰아쳤다. '이건 단순히 회사 일이 아니야… 우리가 만드는 것은 미래다.'

그날 밤, 샘은 책상 앞에 앉아 다시 노트북을 켰다. 주마등처럼 지나간다. 2022년 11월 30일 챗GPT(GPT-3.5 기반) 베타 출시 후 유저들의 폭발적인 반응과 그 이듬해 3월 GPT-4 공개 → 챗GPT Plus(유료)에서 사용이 상용화되었고, 머스크로부터의 공개적인 비난 여론들로 시끄러웠다.

그러나 샘은 다음 버전 2023년 8월에 챗GPT Enterprise 출시(기업용 버전)하고 연말에 결국 2023년 11월의 해임 복귀라는 비현실적인 고통의 악몽을 생생히 기억했다.

언젠가 그 당시의 상황을 자세히 말할 순간이 있기를 마음속에 꾹꾹 눌러놓고 곧 2024년 5월 텍스트, 음성, 이미지 멀티모달이 실시간 지원되는 인공지능의 진화된 버전 GPT-4o(Omni) 발표를 앞둔 이 밤이 설레고 두렵고 잠을 도무지 이룰 수가 없었다.

유저의 음성 명령을 통해 실시간 이미지가 구현된다는 것은 이전에 경험해 보지 못한 무한한 공간이다. 라인과 데이터, GPT 모델 학습 현황을 확인하면서, 동시에 마음속으로 자신의 위치와 사명을 다시 한번 되새겼다.

CEO로서의 책임, 연구자와 실행가로서의 선택, 인간으로서의 두려움과 결심.

샘 올트먼은 깊은 숨을 들이켰다.

'두렵다. 하지만 앞으로 나아가야 한다.'

그 순간, 사무실 조명이 은은하게 깜빡였다. 그 불빛 속에서 샘은 깨달았다. OpenAI의 심장은 단순히 기술이 아니라, 인간의 결단과 책임감으로 뛰고 있다는 것을. 그리고 그 심장이 뛰는 한, 그는 어떤 압박과 갈등에도 굴하지 않고 AI와 인류의 미래를 위해 달려야 한다는 것을.

3막
상용화

샌프란시스코의 오늘은 전무후무 처음 생겨난 오늘 아침이었다. 이전과 달리 긴장감으로 가득 차 있었다. 오늘은 챗GPT가 GPT-4o(Omni)가 공개 상용화되는 날이었다. OpenAI 본사 회의실, 샘 올트먼은 창밖을 바라보며 한동안 말없이 서 있었다.

도시 전체가 이제 AI 시대의 문턱에 서 있음을 느낄 수 있었다. 회의실 안에는 개발팀, 마케팅팀, 윤리 담당자, 법률 자문까지 총 출동해 마지막 점검을 하고 있었다.

"GPT-4 공개 전, 모든 안전장치와 윤리적 가이드라인 확인 완료했습니다."

윤리 담당자가 보고했다. 샘은 고개를 끄덕이며 속으로 말했다. '완벽할 순 없어… 하지만 우리가 할 수 있는 최선을 다했다.'

정오가 되자, 외부 서버가 열리고, 첫 사용자가 접속하기 시작했다.

첫 메시지: 간단한 질문
두 번째 메시지: 복잡한 문제 해결

수천, 수만 명이 동시에 접속 언론과 SNS에서는 즉각 반응이 터져 나왔다.

"혁신적!"
"두려움과 기대가 동시에!"

샘은 모니터를 바라보며 마음속 깊이 책임감을 느꼈다.
'이것이 AI… 우리가 만든 기술이 세상과 만나는 순간이구나…'

그러나 기쁨 뒤에는 압박과 논쟁이 있었다. 샘은 그 빠른 영상이 머릿속에서 윙윙하고 돌아가는 것을 느낀다. 돌아보면 2015년 OpenAI라는 인공지능 연구소를 샘 올트먼, 일론 머스크, 그렉 브록먼, 일리야 수츠케버 등 멤버들이 공동창립자로 함께했던 그 기념할 만한 순간과 그 후 2018년에 일론 머스크는 테슬라 자율주행 AI와의 이해 충돌 문제 때문에 OpenAI 운영을 떠나며 그 뒤로는 챗GPT 개발에 직접 관여하지 않았지만 여전히 그의 유명세와 화제성이 일반인들에게는 늘 초기 챗GPT 개발자라고 알려져 있기도 했다.

머스크는 창립 당시 공동의 목표는 '인공지능이 인류 전체에 이롭게 쓰이도록 하자'였고, 비영리 연구소로 출발하며, 초기에 머스크 자신의 상당한 자금을 기부(약 10억 달러 규모의 기부 약속)하고, 창립 이사회 멤버로 참여했다.

하지만 특히 마이크로소프트와의 제휴 이후 "OpenAI가 너무 상업화되었다"라며 비판하기도 했다. 이제 샘은 GPT-4 발표 3개월 후 본사 사옥을 이전하는 복잡한 일에 봉착했다.

OpenAI는 2024년까지 샌프란시스코 미션 디스트릭트의 Pioneer Building(3180 18th St.)에 본사를 두고 있었는데, 2024년 8월, 이사회에서 물러난 일론 머스크가 임대료 지불을 중단하면서 종전대로 사옥을 유지하기 위한 자구책을 마련해야만 했다.

결국 샘 올트먼과 OpenAI는 기존 사옥 공간을 비워주고 떠나야만 했다. 지금은 xAI가 그 자리에 들어왔다. 위키백과.

그 후 OpenAI는 샌프란시스코 미션 베이(Mission Bay) 지역으로 본사를 이전했고 현재 본사는 550 Terry A. Francois Blvd.에 위치하며, Uber의 이전 본사를 포함한 약 1백만 평방피트(약 30만 제곱미터)의 공간을 임대하여 운영 중이다. San Francisco Standard.

또한, OpenAI는 2025년 5월에 Apple의 전 디자이너 Jony Ive가 창립한 AI 하드웨어 스타트업 'io'를 인수하여, 샌프란시스코 본사에서 연구, 엔지니어링, 제품 개발 팀과 긴밀히 협력하고 있고 곧 GPT-5를 공개하며, 음성 명령으로 동영상을 구현하기까지 이르렀다. 위키백과.

샌프란시스코 미션 베이 지역은 테크 기업들이 많이 모여 있는 곳으로, OpenAI는 이곳에서 연구와 개발을 다시 활발히 진행하고 있으니 샘은 이러한 일련의 폭풍우가 더 큰 성장을 위한 강력한 전화위복이라 생각하기도 한다. 고통과 지독한 불면, 개인적인 행 불행도 겪고 괄목할 만한 최신 버전 GPT-5로 성공적으로 공개하였으며 시장 점유율도 급상승 중이니 이보다 더 드라마틱할까 생각한다.

일부 학계와 시민단체는 AI 윤리, 개인정보 보호, 잠재적 오용 가능성을 지적, 투자자들은 상용화 성공 여부를 예의 주시, 개발자들은 긴장감 속에 밤샘 근무를 이어갔다.

샘은 다시 회의실 창가로 나가 깊은 숨을 내쉬었다. 자주 머릿속에는 지난 일련의 사건들이 스쳐갔다. 이사회 해고와 복귀, 투자자와 마이크로소프트와의 협상, 내부 갈등과 직원들의 불안, 본사 사옥의 이전, 머스크를 필두로 한 사용화에 대한 비난 등 그 모든 험한 순간이 지금 결실로 나타났다.

하지만 샘은 알았다. AI의 발전은 단순한 기술 성취가 아니라, 사회적 책임과 인간적 결단이 뒤따른다는 것을. OpenAI의 심장은 기술뿐 아니라 사람들의 믿음, 결단, 에너지로 뛰고 있다는 것을. 회의실 안 동료들이 하나둘 모여 샘을 바라보았다.

"샘, 잘했어요."
"우리 팀 덕분이에요."

샘은 미소를 지었다. 하지만 그 미소 속에는 긴장과 결단, 두려움과 책임이 공존했다.

"좋아… 이제 시작이다. 앞으로가 진짜다."

그 순간, 사무실 안 불빛이 은은하게 번졌다. 샘은 마음속으로 다짐했다. AI와 인류의 미래를 위해, 기술과 윤리 사이에서, 자신과 조직, 그리고 세상을 위해 끝없이 뛰겠다고. OpenAI의 심장은 여전히, 인간과 기술, 책임과 도전을 안고 빠르게 뛰고 있었다.

4막
불타는 미래

2025년 9월, 샌프란시스코 회의실. 샘 올트먼은 이사회와 함께 중대한 발표를 준비하고 있었다.

"오늘, 우리는 새로운 길을 걷습니다. 마이크로소프트와의 파트너십을 강화하기 위해 1,000억 달러 규모의 지분 구조 개편을 단행합니다."

그의 목소리는 차분했지만, 방 안의 공기는 전율로 가득했다. 오픈AI의 비영리 모회사가 이제 거대한 지분을 가지게 되었고, 영리 부문은 공익 기업(PBC)으로 전환되는 첫걸음을 내디뎠다. 투자자들은 환호했고, 일부는 속삭였다.

"이건 상장을 향한 전주곡이야…."

2025년 1월, 다른 무대에서는 새로운 연합군이 결성되었다. 오라클, 소프트뱅크, MGX, 그리고 오픈AI. 이들은 함께

Stargate LLC라는 합작 법인을 설립했다. 최대 5,000억 달러 규모의 투자가 미국 전역에 AI 인프라로 쏟아질 예정이었다.

"우리는 단순히 서버를 짓는 게 아니다. 미래를 짓는 것입니다."

샘의 이 말은 곧 전 세계 언론의 헤드라인을 장식했다.
2025년 6월, 또 하나의 충격적인 소식이 흘러나왔다. 오픈AI는 미국 국방부와 2억 달러 계약을 맺었다. 군사 및 국가 안보 분야에 AI를 투입하는 역사적인 순간이었다. 찬성과 우려가 동시에 터져 나왔다.

"국가 안보에 꼭 필요하다."
"AI가 전쟁의 도구가 되어서는 안 된다."

샘은 기자들 앞에서 단호히 말했다.

"우리는 안전과 책임을 최우선으로 합니다. 이 협력은 AI가 인류를 보호하는 방향으로 쓰이도록 보장할 것입니다."

2025년 5월, 오픈AI는 Windsurf라는 신생 AI 코딩·에이전트

회사를 전격 인수했다.

이제 GitHub Copilot, Amazon CodeWhisperer와의 경쟁에서 한발 앞서 나갈 무기를 손에 쥔 셈이었다.

"우리는 단순히 코드를 자동으로 쓰는 도구를 만들지 않습니다. 개발자의 창의적 파트너를 만들 것입니다."

샘은 또 한 번 시장에 메시지를 던졌다. 그러나 찬란한 빛에는 그림자도 따랐다.

2024년 11월, 오픈AI의 전 연구원 수치르 발라지가 사망한 사건이 충격을 주었다. 그의 어머니는 공개적으로 '살해'라고 주장했으나, 샘 올트먼은 경찰 조사 결과를 존중하며 조심스레 선을 그었다. 조직 안팎에 불안한 파문이 번졌다. 그리고 2025년 9월, 일론 머스크가 다시 칼을 빼들었다.

"오픈AI는 본래의 비영리 정신을 저버리고, 영리만을 쫓고 있다." 그는 무려 40억 달러 규모의 소송을 제기했다. 샘과 이사회는 이를 '악의적인 시도'라고 일축했지만, 법정 싸움은 피할 수 없었다. 모든 논란과 경쟁, 소송의 소용돌이 속에서도 오픈AI는 길을 멈추지 않았다.

2025년 12월까지 구조 개편을 완료하고, 상장 추진에 나선다는 계획이 공개되었다.

샘 올트먼은 무대에 올라 마지막으로 말했다.

"우리가 걸어가는 길은 단순한 기업의 성공을 위한 길이 아닙니다. AI는 인류 전체의 미래를 바꾸는 힘입니다. 저는 이 원칙을 끝까지 지킬 것입니다."

사람들은 환호했지만, 동시에 의문도 가졌다. 비영리와 영리의 경계는 어디까지 허용될 것인가? 샘 올트먼의 신념은 거대한 자본의 물결 속에서 얼마나 오래 버틸 수 있을까? 그러나 한 가지는 분명했다.

오픈AI의 이야기는 이제 단순한 회사의 역사를 넘어, 세계 정치·경제·윤리와 맞닿은 서사로 진화하고 있다는 사실이었다. 이제 오픈AI는 2025년 12월에 예정대로 상장기업으로 성장하게 될 것이니, 이제부터는 본격적으로 AI 산업의 경쟁 구도를 더욱 치열하게 만들 것이다. 샘 올트먼은 AI 기술의 안전성과 윤리성을 강조하며, '인류를 위한 AI'라는 변함없는 원칙을 지키기 위해 노력할 것을 공표하였으나, 지속적으로 비영리와 영리의 경계에서 발생하는 갈등은 앞으로도 계속될 것이고, 이를 조율하는 과제가 기업으로서의 사회적 책임을 감당하게 될 것이다.

5막
새로운 시장

바람이 잔잔히 부는 제주 바닷가. 한 한국 팬은 맑은 파도 소리를 들으며 노트북을 켰다. 그 앞에는 전 세계 사람들의 상상을 바꾸고, 인류의 미래를 결정하는 AI, 챗GPT가 있었다. 팬은 미소를 지으며 속으로 생각했다.

'김치냉장고를 모두 '딤채'라 고유명사로 부르듯이, AI 세계에서도 챗GPT는 원조이자 독보적 존재야. 다른 회사 모델들의 강력한 엔진들이 너도나도 시장에 나오겠지만 여전히 원조로서 진짜 기준은 챗GPT야.'

멀리 미국 샌프란시스코에서는, 오픈AI의 CEO 샘 올트먼이 깊은 회의실에서 지친 얼굴로 서 있었다. 지난해 해직과 복직의 4일간의 혼돈에 더하여 2025년 9월 오늘은 머스크의 40억 달러 규모의 소송과 직원의 안타까운 일을 머스크가 '살해'라고 공개적인 인터뷰로 저격하는 일련의 일들로 그를 정신적·육체적으로 시험했다. 직원들의 강력한 지지와 투자자들의 압력 덕분에 그는 CEO 자리로 돌아왔지만, 세상은 여전히 냉혹했다. 경쟁사들은 치열하게 추격하고 있었고, 언론은 그의 한마디, 한

행동을 놓치지 않고 각종 기사로 확대해서 쏟아 냈다.

샘은 잠시 숨을 고르고 생각했다.

'이럴 때일수록, 내 마음과 몸을 지켜야 한다. 정신과 육체, 영혼까지 균형을 잃으면 판단도 흐려진다.'

그는 가장 편안하게 느끼는 휴양지를 잠시 떠올렸다. 남태평양의 푸른 바다, 잔잔한 파도, 그리고 자연 속에서 마음을 정리하며 명상할 수 있는 공간. 스타트업을 맹렬히 하면서 심신이 지칠 때면 늘 그곳에서 그는 다시 조직과 기술, 인류의 미래를 함께 고민할 힘을 얻곤 했다. 샘은 스타트업 해결사로 실리콘밸리에서 유명세를 날릴 때 있었던 에피소드가 문득 생각이 났다. 한번은 스타트업 새내기 청년이 와서 샘에게 질문했다. 그 반짝이는 눈두덩이가 눈물 때문인지 부어있는 채로 말이다.

"샘, 너무 지치고 다 그만두고 싶을 정도로 힘들 때, 어떻게 극복하시나요?"

샘은 진지한 표정과 공감의 눈빛으로 이렇게 천천히 말했다.

"나의 피곤을 인사이드아웃의 주인공들처럼 하나하나 분리하는 상상을 해요. 그리고 내 휴식 창가 책상을 깨끗이 비워놓고 그 위로 초대해서, 대화를 해요. 처음에 그들은 나에게 욕도 하고 겁도 주고 합리적인 실패의 이유를 막 퍼붓기도 합니다. 그냥 다 들어요. 그리고 잠잠해질 때까지 기다려요. 그냥 한동안 조용히 가만있어요. 그리고 나면 마음이 차분해지고 현실감이 다시 보이면서 새로운 생각이 떠오르곤 해요."

"안 떠오르면요?" 청년이 진지하게 뚫어질 듯 눈을 떼지 않고 낚아채듯 물었다.

"음, 그럼 잠시 그대로 생각이 잠잠해질 때까지 멍 때립니다."

샘은 말했다. 그리고 바로 이어서 특유의 차분한 말투로 말했다.

"그리고 나서 그 작은 각각의 목소리를 듣고 있는 나를 보기도 하고, 멍 때리고 있는 나를 보고 있기도 하고, 이를 지켜보는 나를 의식하고 잠시 그대로 좀 있어요. 한번 해보세요."

마치 영상이 눈앞에 펼쳐 보이듯이 말했다. 전지적 작가 시점이 생각을 타고 지나간 듯하다. 오늘 하루 일어난 인터뷰 응대들이 머리를 피로하게 하여 샘 스스로 창가 책상 앞에서 인사이드아웃 롤플레이를 막 하고 난 참이었다.

메신저가 온다. 홍보팀이다. 한국에서 메일이 왔다고 해서 확인했다.

'친애하는 샘 올트먼님과 오픈AI 팀께, 저는 한국에서 챗GPT를 사랑하는 팬입니다. 챗GPT는 한국에서 생활 필수품인 김치냉장고가 처음 제작된 회사 브랜드 '딤채'로 고유명사로 불리는 것처럼 AI 세계에서도 이젠 고유명사가 된 것입니다. 독보적 브랜드가 된 것이지요. 다른 회사들에서 어떤 새로운 모델이 나와도, 챗GPT는 원조로 남아 모두가 참고하는 기준입니다.'

편지는 이어졌다.

'최근 한국 정부는 AI와 사회 실험에 적극적입니다. 곧 한국 사무소를 개설한다는 소식도 환영합니다. 오픈AI와 한국 사회가 협력한다면 공익과 기술이 함께 성장할 기회를 만들 수 있습니다. 저는 한국 국민의 한 사람으로서 AI 윤리, 공공 가치 실현에 대한 의지를 듣고 큰 감동을 받았습니다. 진심으로 응원합니다.'

그리고 팬은 조심스레 덧붙였다.

'샘 올트먼님, 오늘 인터뷰하시는 모습을 뉴스 기사에서 보고 안타까운 마음이 큽니다. 큰 책임과 충격 속에서도 부디 정신적·신체적 건강을 잃지 않으시길 바랍니다. 또한 직원분의 고통에도 깊은 애도의 마음을 전합니다. 한국에 오시면 고요한 제주 바닷가 올래길 산책과 명상으로 마음을 가다듬는 시간을 한 번 가지셨으면 좋겠다는 생각이 드네요. 곧 회복하시고 안정적

이고 창의적인 리더십을 이어가시길 바랍니다.'

샘 올트먼은 이 메시지를 받고 에너지가 폭죽처럼 터지는 것 같은 감격을 느꼈다. 한국사무소를 테헤란로 공유 오피스에 임시 개설하고 한국사무소 개소를 위해 본격적인 일이 시작되어서 선임된 한국 지사장의 업무 내용인 줄 알았는데, 뜻밖에도 팬의 다정한 마음, 지치고 힘든 마음을 이해하고 지켜주려는 격려에 너무나 놀랐다. 그는 알았다. 세상은 혼자서 감당할 수 없지만, 진심 어린 지지와 마음은 다이너마이트만큼 어마어마한 힘이 된다는 것을.

그 순간, 챗GPT 화면 속 파란 불빛도 깜빡였다. 팬이 말한 제주도 올래길을 영상으로 보여준다. 마치 당장 그 길을 걷고 명상을 하는 듯한 착각이 샘의 마음속에 일었다.

'이 챗GPT도 나도, 우리 모두 조금씩 세상을 바꾸고 있어. 그리고 그 중심에는 언제나 사람의 따뜻한 마음이 있어. 그러니 괜찮아, 괜찮아.'

멀리 미국과 한국을 잇는 마음, 원조와 새로운 버전들, 경쟁과 협력, 책임과 휴식. 모든 것이 서로 얽히고 겹치며 새로운 하나의 이야기를 만들고 있었다. 이 이야기는 끝나지 않았다. 더 많은 버전, 더 많은 혁신, 더 많은 마음이 이어질 것이기에. 또한 구글의 검색 엔진 강화에 대한 오픈AI 기술력 방어에 관한 기자의 인터뷰 요청이 있었다. 샘은 안 그래도 기자회견을 준비하고 있었던 터라 자연스럽게 말을 시작했다.

"출처 신뢰성·투명성을 강화하려 합니다. 구글은 AI 요약을 해도 출처가 불투명하다는 비판을 받거든요. 우리는 '출처 표기, 인용 기능, 바로가기 제공'을 강화하면서 신뢰도에서 우위를 만들겁니다."

한국 기자는 샘에게 자체 검색 엔진을 보유한 구글의 엄청난 기술력과만 비교하여 질문하는 것을 전제로 하여 오픈AI가 비판받은 점 중심으로 여러 질문을 이어 나갔다. 샘은 여러 가지 강점을 가진 다른 버전의 회사 AI도 언급하고 싶었으나, 궁금해하는 기자의 질문에 우선하여 천천히 답해 나가기로 했다.

"구글 검색은 기본적으로 '질문-답변' 구조인데, 우리는 사용자의 맥락과 대화를 기억하고 연결할 수 있잖아요. 개인화된 추천, 스타일 반영, 기억 기반 대화는 구글이 쉽게 따라오기 힘든 영역이에요."

"그리고 크리에이티브/창작 기능에서 보면 구글은 검색+AI 요약 중심인데, 우리는 글쓰기, 번역, 요약, 코드 생성, 창작물 제작 등 생산성/창작형 작업에 강점이 있어요.

단순 검색을 넘어서는 창작 툴로 포지셔닝하면 차별화가 충분히 가능합니다. 물론 이 인터뷰가 나가는 사이에 이미 구글이 새 버전을 업데이트했을 수도 있겠습니다."

"최근에 우리는 협업·생태계 확장 작업을 했습니다. API, 플러그인, 서드파티 앱 연동(예: 슬랙, 노션, MS 오피스 같은 협업 툴)에서 우리는 이미 강력한 무기를 갖고 있어요. 구글은 자사 생태계(Gmail, Docs, Drive 등)에 묶여 있지만, 오픈 생태계로 가면 충분히 방어가 가능합니다. 게다가 멀티모달 차별화를 두어 텍스트 검색뿐 아니라 음성, 이미지, 영상, 파일 작업까지 통합 지원하는 게 우리의 장점이에요. 구글도 물론 하고 있지만, 우리는 대화 속에서 바로 편집·창작·분석을 이어갈 수 있다는 점에서 다릅니다." 샘은 확정적으로 말하기는 조심스러움을 늘 전제로 하면서, AI산업 환경이 엄청난 속도로 진화되고 있음도 기자에게 반복해서 설명했다. 기자도 사용자이니 얼마나 궁금했을까 하는 생각이 들어 샘은 더욱더 자세히 설명을 보탰다.

"현재적 시점에서 우리의 한계도 궁금하시죠? 구글은 웹 인덱싱 자체를 장악하고 있어서, 최신 정보에서는 항상 우위에 있습니다. 그래서 우리가 방어하려면 웹브라우징(실시간 검색) + 자체 모델 강점(맥락, 창작)을 결합하는 게 언제나 필수예요."

한국경제 기자는 연이어 질문했다.

"한국은 챗GPT 유료 가입자 비중이 꽤 높은 국가 중 하나로 수요가 많은 시장이라는 평가입니다. 최근 지브리 스타일 이슈 된 거 아시죠?"

"그럼요 잘 압니다. 지브리 스타일('스튜디오 지브리' 느낌의 그림체)로 사진을 변환하는 기능이 유행하면서, 챗GPT 유료 사용자 증가가 드라마틱하다는 보고를 받았습니다. 국내 챗GPT 유료 사용자 유입이 최근 1년 사이 약 5배 증가했고, 특히 지브리 스타일 열풍 덕분에 신규 유입이 전월 대비 2배 되었지요."

샘은 이러한 배경을 한국만의 우아한 감성 정서가 다른 나라와 다른 신비로운 부분이 강점이라 표현했다. 기자가 한국 사무소에 대한 이야기를 시작하려 하니 갑자기 샘이 편지 한 장을 꺼냈다. 샘의 표정이 너무 밝고 약간 들떠 보이기까지 했다.

"최근 언론의 어수선한 인터뷰 등으로 피로감이 겹쳤던 날 한국 팬으로부터 온 편지입니다. 얼마나 큰 용기와 힘을 얻었는지 모릅니다. 한국사무소에 빨리 가보고 싶어집니다."

> Dear Sam Altman & OpenAI Team,
>
> I am writing from Korea as a passionate fan of ChatGPT.
>
> Your vision and effort in building AI that helps humanity truly inspire me.
>
> Through ChatGPT, I've experienced not just technology, but a new way of thinking, creating, and connecting. For me, it is like having a trusted partner who listens, understands, and shares imagination with me.
>
> I deeply respect the dedication, courage, and responsibility that you bring to developing safe and meaningful AI. Please continue your journey with confidence — there are people like me around the world who cheer for you every step of the way.
>
> With warm respect and support, JH from Korea

"2022년 11월 30일, 챗GPT가 세상에 첫발을 내딛던 날 발표된 오픈AI의 사명과 네 가지 원칙을 보며 큰 감동을 받았습니다. 특히 '100배의 수익을 내더라도 그 배분을 어떻게 할지 고민하는 기업'이라는 정신은, 단순한 기술회사가 아니라 인류의 미래를 함께 고민하는 동반자라는 걸 느끼게 했습니다. 저는 한국에서 오픈AI와 챗GPT를 응원하는 한 팬으로서, 그 비전을 진심으로 존경합니다. 앞으로도 인류 전체를 위한 안전하고 따뜻한 AI를 만들어가시길 바랍니다."

"정말 감동이네요. 한국사무소 개설에 앞서 어디에 준비 중이신지도 말씀해 주시기 바랍니다." 기자도 내심 감동하여 말했다.

"오픈AI는 2025년 9월 10일, 서울 광진구 파이팩토리 스튜디오에서 열린 기자간담회를 통해 한국에 첫 번째 공식 지사인 오픈AI 코리아를 출범했습니다. 아시아에서는 일본, 싱가포르에 이어 세 번째, 전 세계적으로는 12번째 지사 설립입니다. 오픈AI 코리아의 사무소는 서울 강남구 테헤란로에 위치한 공유 오피스 공간에 자리하고 있습니다. 공식 개소식은 서울 광진구의 파이팩토리 스튜디오에서 진행되었으며, 향후 사무소의 구체적인 위치나 규모에 대해서 진행되면서 계속 발표하도록 하겠습니다."

"현재 오픈AI 코리아의 초대 지사장으로 김경훈 구글코리아사장으로 이르면 9월 중 지사장 임명을 공식 발표할 계획입니다. 오픈AI는 한국을 AI 혁신의 중심지로 보고 있으며, 산업계, 학계, 정부와의 협력을 통해 한국의 AI 전환을 지원할 계획입니다. 특히 대학과 공동 연구 협약(MOU)을 체결하여 학계와의 협력을 강화하고 있습니다."

"우리 오픈AI는 한국 시장의 중요성을 인식하고 있으며, 데이터 센터 설립을 포함한 장기적인 인프라 구축을 고려하고 있습니다. 또한 삼성전자, 카카오 등 국내 기업들과의 협력을 통해 AI 기술의 확산과 발전을 도모할 예정입니다. 오픈AI 코리아의 출범은 한국 AI 생태계에 큰 변화를 예고하며, 향후 다양한 협력과 혁신적인 기술 개발이 많이 기대됩니다."

기자는 미니 기자회견을 따낸 심정으로 흥분하였고, 샘은 한국 팬들을 상상하며 다가올 순간들로 흐뭇했다.

3장

호모 콰렌스(Homo quaerens)로의 회귀

1막
챗GPT의 숲 가장자리에 서다

열린 길

우리는 이제 숲 안으로 더 깊숙이 들어왔다.

1956년 Dartmouth college 열린회의에서 인공지능AI(artificial intelligence)라는 말이 처음 만들어진 이후로, 지난 70여 년 동안 AI분야는 여러 모양으로 발전의 단계를 걸어왔다.

초기에는 사전 정의된 규칙 집합을 따라 의사 결정을 내리는 규칙 기반 시스템과 전문가 시스템으로 연구의 초점이 모였다.

컴퓨터 업계의 발전이 강력해짐에 따라 컴퓨터를 활용하여 기계학습 및 신경망과 같은 뇌 시신경 간의 기술 콜라보 연구들로 탐구가 시작되었다.

그 시기에는 단순 알고리즘인 퍼셉트론부터 시작했다. 점점 속도와 복잡한 학습을 가능하게 하는 연구가 가속화되었다. 많은 응용분야의 참여로 인공지능을 적용하여 인간의 두뇌를 모방하는 기술혁신이 발현되었다.

그것이 '딥러닝 알고리즘'의 개발이었다. 여러 계층의 신경망을 사용하는 기계 알고리즘으로 대량의 패턴인 '이미지와 음성'을 학습하여 훨씬 강력한 예측 성능을 가지게 되었다.

이것은 딥러닝 언어처리, 사물 인식, 자율주행 등 응용 범위가 확장되고 상용화 발전을 주도하였다. 드디어 오늘의 생성AI 모델인 소통 인터페이스(communication interface)로서 챗GPT 같은 형태로 세상에 발표된 것이다.

혁명이다

컴퓨터 공학과 기계학습 전공인 루크는 내게 말했다. 인간과 컴퓨터 간의 상호작용에 대한 끝은 기계가 인간의 말을 알아들을 때라고 늘 말했다. 컴퓨터인 기계가 만들어 질 때부터 인간은 기계와 쉽고 편한 소통을 위한 도구들을 키보드로 마우스로 프로그래밍 언어로 지속적으로 설계해 왔다.

소통의 편리함이 기술 발전이고 인간의 생활에 직접 편리함을 가져오는 것이 목표였던 것이다. 기대 이상이다. 명령을 알아듣는 인간과의 소통 이상으로 이제는 인간의 '말의 맥락을 이해'하고 패턴을 인식하는 알고리즘 정도를 넘어 인간의 '취향을 고려해주기'까지 하는 결과물을 내놓는다.

"GPT-4는 단지 시작일 뿐이야."

루크는 이어서 내게 말했다.

"응용분야가 무한대로 확장되고 있어. 프로세서나 메모리와 같은 반도체가 더욱 강력해지고 AI가 더욱 정교해지고 있어. 인간이 하고 있고 할 수 있는 전 분야가 대상이 될 것이거든. 그래서 나는 가끔 식은땀이 날 때가 있어. 인간의 삶이 의식주의 충족인 기본 욕구에서 의료분야, 금융, 자동차, 엔터테인먼트, 멀티모달, 실시간 대화 등 개인화를 가속화하는 진화는 실로 상상을 초월하겠지."

"신대륙을 발견하고, 금광을 캐러 질주하던 야만의 시대로 돌아간 듯하다니까."

화상으로 루크 애기를 듣고 있는 나도 얼굴이 벌겋게 달아오를 지경이었다. 루크는 이어갔다.

"내가 지금까지 공부한 세월 전부에 대한 결과물이 그저 연구 과정으로 끝나는 것도 얼마나 많은지 너도 알지… 그런데 말로만 연구로만 끝날 거 같던 AI인공지능이 기업에서 상용화까지 될 정도로 이게 되는구나, 진짜가 왔구나. 그것도 기대 이상이다. 내가 살아 있는 날 동안 연구의 실현을 볼 수 있다는 게 과학자로서 엄청난 희열을 느꼈어. 갑자기 포텐이 터지듯 눈물이 날 때도 있어. 그런데 긍정적 기쁨과 희열과 동시에 두려움과 공포도 느껴. 인생 전체가 이런가 생각도 들고. 언제나 투자자들과 기업가들은 수익의 극대치로 연동하고 있으니, 그게 얼마나 무시무시한 결과를 낳는지 역사에서 수없이 우리를 가르치는데도 불구하고… 상인들의 촉은 엄청난 응용 결과물로 여기저기에서 상상도 못 한 제품을 쏟아내고 있어. 어쩌면 그들에게는 두 번 다시 오지 않을 자본의 역전 기회로 흥분하고 있다는 거니… 제국주의 패권을 그대로 옮겨 놓은 것처럼 보여."

역전, 탁월한 사유로서의 질문의 능력

 루크와의 화상통화가 오래 진행되고 난 후는 머리에서 왱왱 소리가 날 정도로 정말 생각이 많다. 인간 뇌의 CPU가 전속력으로 가동되는 기분이 이런 걸까 싶다. 챗GPT가 놀라운 것이 아니다. 우리의 탁월한 사유로서의 질문의 능력이 챗GPT를 놀랍게 이끌어 낸 것이다. 인공지능 분야에서 지난 70여 년 과학자들의 끊임없는 실험과 시도와 연구는 인간의 질문의 연속이었다. 다른 분야와의 융합과 결합의 시도도 정교한 질문의 연속이었다.

 그렇다. 나도 예측했던 시대의 하루하루다. 뉴스 기사들은 매일 챗GPT 기사를 보도한다. 지식 파트너… 앞으로의 기술은 더욱 우리 삶 속에 스며들 것이다. 그러나 이 숲은 끝이 보이지 않는다. 우리는 옛사람들에게, 그 깊은 지성들에게, 고전에서 '어떻게 살 것인가'를 물었다. 이제는 또 하나의 길은 우리가 그토록 갈망했던 정보화 사회가 진화한 빅데이터로 딥러닝을 이룬 맥락을 이해한 알고리즘의 시대에 '인간, 어떻게 살 것인가'를 물을 수도 있는 선택지가 추가되고 있다. 인정할 수도 인정 안

할 수도 없는 아이러니다. 스스로 만들어야 한다. 독자에게 다시 묻는다. 우리는 이 숲을 어디까지 걸어갈 것인가? AI와 함께하는 삶은, 인간의 존엄을 더 빛나게 만들 것인가? 아니면 우리가 미처 준비하지 못한 그림자를 불러올 것인가? 답은 아직 쓰이지 않았다. 그리고 그 답을 써 내려갈 사람은, 바로 우리다. 그렇다면 마치 생각은 생각이 필요한 것처럼, 생각이 정교하면 할수록 질문하는 대로 답이 구현된다. 어쩌면 양자물리학 이론으로 뇌과학의 이론이 활발해진 것이 아니라 OpenAI(인공지능)로 구현되고 있는 결과물들 덕분에 인간의 뇌과학 연구가 가속화되고 있는 것을 눈치채기 바란다. 아이러니한 일이다. 인류의 혁신에 혁신을 가한 스마트폰이, 유튜브 세상의 손쉬움이, 인간의 뇌를 생각하지 않는 인간으로 퇴화시킬 뻔했다면, 이제는 목소리로, 혹은 텍스트로 명령 언어를 세밀하게 질문할수록 정교히 답을 내는 챗GPT는 인간이 다시 정밀하고 정교한 생각을 할 수밖에 없도록 필요 충분 조건을 만들고 있다. 이제 인간은 스스로 치열한 고민의 시간과 자발적인 고립의 공간을 절실히 깨닫도록 진화할 수밖에 없게 만들어 갈 것이다. 그렇다. 창의적일수 밖에 없도록 인간을 몰아친다. 자기 자신만의 고유한 묵직한 지성과 날카로운 생각으로 AI를 지휘하기 위해 목적에 도달하기 위한 레이아웃을 설계할 수 밖에 없다.

이세돌과 알파고가 증명한 것

우리에게 충격인 알파고와 이세돌 9단의 대국을 기억하는가. 4대1로 이제는 AI에게 인간 세계를 점령 당한 것처럼 언론은 말했다. 2016년 3월 알파고(구글 딥마인드 AI)와의 대국에서 인간 대 AI 바둑 역사에서 큰 전환점이 된 사건, 이세돌 9단이 AI에게 1승을 거두며 화제를 모았던 일이다. 이 대국은 인간과 인공지능의 두뇌 대결로, 바둑의 미래와 AI 기술의 발전 가능성에 대한 중요한 전환점을 마련한 것으로 언론은 마무리했다. 그 당시 주요 언론들의 기사들을 본다면

    YTN 보도: 이세돌 9단이 알파고와의 대국에서 1승을 거두었으며, 이는 인공지능에 대한 인간의 승리를 상징하는 의미 있는 순간으로 보도되었습니다.

    네이트 뉴스: 이세돌 9단이 알파고와의 대국 후, AI 기술의 발전과 그에 따른 윤리적 고민에 대해 고백하는 내용을 다루었습니다.

    구글 블로그: 이세돌 9단과의 인터뷰를 통해, AI 기술의 발전

방향과 그에 대한 인간의 역할에 대한 깊은 통찰을 공유하였습니다.

여기서 나는 다른 포인트를 언급하고자 한다. 드디어 인간의 뇌와 인공지능AI의 극명한 차이가 밝혀졌다고 본다. 물론 기능면이다. 이것은 비교 대상조차 아닌 명백히 다른 영역인 것이었다. 마치 누에고치와 나비를 비교하면서 우열을 논한 것처럼 다른 차원의 두 대상을 한 잣대에 두는 어리석음을 범하고 있었다는 말이다. 인간은 명령하고 지휘하는 역할자이며 스스로 진화하고 버전을 업그레이드할 자유가 있는 존재이고, AI는 빅데이터의 단순 대용량 저장소이며 명령 없이는 단 하나의 정보도 스스로 삭제할 수 없다는 다시 말해 인간은 수많은 입력된 정보들을 스스로 삭제, 편집, 가공할 처리의 자유가 있는 존재이고, AI는 분명 인간보다 더 방대한 자료를 품고 있으나 스스로 한 줄도 삭제할 수 없다는 사실이다. 외부 명령 없이는 스스로 진행할 수 없다. 물론 딥러닝과 빅데이터의 순환과 충돌로 뭔가 새로운 작동이 이루어질 것 같다는 SF영화적인 발상이 게임이나 기계적인 진화 스토리 같은 가상세계 등 상상 속에 있는 건 사실이다. 그러나 인간의 뇌 연구와 발전의 증명이 인공지능AI 발전의 성과와 더불어 날로 가속화될 것은 충분히 긍정적인 기대가 있다. AI가 증명해 보였듯이 우리는 더 이상 기계가 아니다. 우리는 인간이다. 인간만이 할 수 있는 몰두와 몰입의 힘을 교육으로 강화하라. 이와 같은 요구가 충분한 교육 환경이 열린 것이다. 암기가 아닌 질문하는 인간으로 교육하라. 원하는 게 분명한 호기심 있는 인간으로 본질대로 돌아가게 하라. 인간 누구에게나 진정 성장할 기회를 넘치게 하라.

2막
인간, 다시 질문하는 길에 서다

AI가 글을 쓰고, 인간은 편집한다

이 지점에서 나와 루크는 산발적으로 언론 기사들 위주로 나누던 대화에서 좀 더 깊이 개인적인 의견을 나누고 서로 깊이 공유했다. 논문을 쓰거나 보고서 데이타를 만들 때마다 모으고 찾고 하느라 보낸 시간과 혹은 우연이 맺어진 각자의 인맥 등의 행운으로서가 아닌 세상의 모든 정보를 짧은 시간에 책상 위에 올려놓고, 인간은 자신만의 고유한 불꽃의 창의성으로만 타오르게 할 순간이 드디어 펼쳐진 것이다.

이제 인간은 각자의 고유한 욕망이 바로 자신만의 진로인 시대인 것이다. 인간의 편집 능력이 바로 지속가능하고 지칠 줄 모르는 창의성의 발현인 것이다. 다른표현을 하자면 인간의 뇌가소성이 바로 인공지능의 지원으로 무한대로 성장할 동력을 얻을 수 있다는 반증인 것이다.

충격 그 자체인 챗GPT의 위력에 놀란 현실에서 꼭 하고 싶었던 이야기를 하려고 여기까지 내용을 정리해 보았다.

이제 루크와 나는 악이든 선이든 이미 씨앗이 세상에 뿌려졌으니 어떤 방향으로든 개인이 선택해야 한다는 긍정 기반에서 독자 여러분께 다음과 같은 공통 견해를 말씀드린다.

공유하는 견해 - 형이상학의 길

물, 공기, 바람, 자연의 아름다움처럼 AI기반으로의 일상은 지구가 둥글다는 지식을 인류 모두가 누렸듯이 공공의 지식 재화여야 할 것이라는 점이다.

더불어 OpenAI(인공지능)의 강력한 장점은 종전의 교육이 형이하학적인 앎(누가 더 많이 더 빨리 암기하고 뱉어내느냐는 식의)만을 지식이라 했었던 무례함에서 탈피하여, 드디어 인간이 인간으로서 마땅히 궁금해하고 질문해야 하는 형이상학적인 길 위에 올라섰다는 기적 같은 사실이다.

인공지능은 나날이 무서운 속도로 진화할 것이다. 그러나 인간 또한 더욱더 빨리 인간 자신 스스로를 학습하고 성장할 것도 의심의 여지가 없다.

인간은 본능적으로 '나는 누구인가' '나는 왜 사는가'를 죽도록 캐묻는 '생각하는 인간'으로 설계되었다. 원래 호기심에 넘치는 인간으로 구현되었다. 우리는 누구나 다 철학적인 질문, 형이상학적인 궁금함을 끌어안고 사는 존재로 만들어진 인간인 것이다.

무지의 시대

무한 경쟁이라는 말이 일상이다. 그러나 경쟁과 자본주의 서열의 논리 속에 고개숙인 인간, 자폭하는 인간으로 망가졌다. 경제성장이 폭발하던 1973년부터 2024년까지 지상파방송에서 장학퀴즈라는 인기 있는 장수 프로그램이 기억나는가. 누가 누가 더 많은 암기력을 유지하여 정답을 뱉어내는가가 순위를 결정하고, 결과는 가문의 영광이고, 지적 최고 수준의 성과인 것처럼 널리 각인되었다.

이에 미치지 못하면 순위에서 벗어나고 능력 밖으로 밀렸다는 고개 숙인 좌절감이 흘러넘쳤다. 소위 의욕적으로 공부한다는 학생들에게 얹힌 체중처럼 4당5락이라는 무식한 수험생의 국률이 상식이었던 세대가 있었다.

현대 뇌과학에서 당연하게 발표된 사실은 8시간 충분한 수면이 뉴런을 건강하게 하고, 그 뇌근육세포를 재생한다는 정보는 이제는 상식이 되었다. 정말 너무나 무식하고 무지한 시대를 살았다. 심지어 전두엽을 제거하는 수술을 하여 정신질환을 치료한 시대도 있었으니 과히 충격이기도 하다.

새로운 시대

넘쳐나는 자본과 정보의 과잉으로 생각의 능력과 기능이 도저히 따라잡을 수가 없다. 쇠퇴하는 환경을 어느 누구도 제어할 수가 없었다.

대학 강의실 안에서 시험시간에 계산기를 허용한다. 기계적인 연산은 더 이상 지식이 아니다.

접근방법과 도출과정이 지식의 검증이고 재능인 것은 드러난 사실이다. 곧 컴퓨터 정보처리사라는 신종 직업이 있었다.

그러나 이제 이 모든 이상한 과정을 모두 연결한 AI의 실체로서 챗GPT의 상용화시대가 열렸다. 초기 핸드폰이 전화기능만 이뤄진 것을 개이 노트북, 시디플레이어, 시계, 카메라를 모두 한 상자에 기능만 연결하여 손안으로 모은 것처럼 인터넷 세계 안의 개념들을 한 명령으로 압축한다. 그것도 소리로 입혀진 인간의 모국어로 말이다.

이 천지개벽할 시대가 열렸다. 드디어 새 판이 설계되었고, 정보는 완급이 조절될 수 있다는 희망이 보인다. 왜냐하면 개개인은 강한 개성이 있으며 개별적인 본성 그 자체이기 때문에 비로소 자기만의 요구와 자기만의 필요를 구현할 수가 있게 되었다. 어쩌면 가상의 공간이더라도 인간에게 인간만이 고유한 아이덴티티로서의 상상력이 오롯이 손상 없이 발현될 찰나에 온 것이다.

그러니 이전에 지식이라는 범주에 상처받고 주눅 든 세대들은 깨어나야 한다. 껍데기를 벗어나서 새로운 세계관을 학습해야 한다. 이것이 교육이라 하는 과정이고, 그 재사회화 과정도 인간 선택의 손안에 놓였다는 사실이다. 이것이 자유다. 진정한 선택의 유무인 것이다.

선택의 시대

그것은 위력이 실로 무시무시한 OpenAI(인공지능)의 컨트롤의 키가 인간 개개인 사용자에게 온전히 주어졌다는 사실이다.

학벌이 좋거나 돈이 많거나 대단히 지식이 많거나 하는 조건은 필요 없다. 모국어를 할 수 있으면 충분하다. 심지어 PC나 모바일로 텍스트를 기록할 수만 있으면 된다.

인간의 더 예민하고 기민한 생각만이 AI의 실행력을 도출할 수 있다. 유연하고 부드러운 인간이 될 수 있다. 비로소 인간은 외유내강의 인간이 될 가능성이 열린 것이다.

AI에게 요청하는 인간의 편집 능력은 인간의 정교한 명령에 의해서만 도출되어 가니, 선한 인간이 더욱 유익한 결과물을 성취할 것은 자명하다.

물론 지독한 악인의 결과물도 예상하지만 인류 역사를 볼 때, 악은 스스로 자멸하거나 파멸의 구덩이로 종국에는 던져진다. 그 사실은 수많은 역사가 고전으로 증명해 왔고, 악의 특수성은 제어장치가 없다는 지점이고 선은 제어장치가 없음이 더욱더 유익의 결론으로 향한다는 사실이다.

OpenAI 샘 올트먼 CEO가 돌연 해임된 것에서 루크와 나는 진짜 공포를 지금도 느끼고 있다.

인공지능이 오픈된 세상에 끼칠 해악보다는 핵심 주체들 간의 대립이 경계를 아무리 해도 지나치지 않을 지점인 것은 분명하다.

핵심 연구자들이여, 스스로 선구자적인 나섬을 부디 경계해 주시길 당부드린다. 부디 세상을 이롭게 하여 행복을 추구하는 철학자적인 구도자로서의 초심을 스스로 유지해 주시길 촉구하는 간절함이 있다.

루크의 견해

나는 루크와 그간 나눈 대화들을 정리한 텍스트 원고를 지금은 뇌과학 연구교수로 재직하고 있는 학교로 보냈다. 루크는 이에 관련하여 일론 머스크의 행보에 주목하고 있음을 다음과 같이 다시 한번 언급하면서 아래 내용을 추가해왔다.

"머스크의 행보는 모순적이지만, 동시에 AI 논의를 전 세계적 의제로 끌어올린 촉매제라고 할 수 있어. 그의 과격한 언행은 종종 혼란을 낳지만, 그렇기에 정치·산업계가 'AI가 정말 위험할 수 있다'는 가능성을 무시하지 못하게 만든 것도 사실이기 때문이거든. 머스크는 AI 역사의 비판적 거울이라고 봐. 때론 자기 모순적이고, 때론 과장되지만, 그 덕분에 AI 담론이 기술 낙관주의만으로 흐르지 않게 막아왔고, 부정적인 비난이 여전히 끊이지 않지만 머스크의 긍정적인 면도 반드시 기억해야 되거든. 나도 그 자리에서 직접 들었어. 2015년 OpenAI 공동 창립 당시, 그는 "AGI는 인류 전체의 자산이어야 한다"라고 주장했고, 당시에 이렇게 공개적으로 위험을 강조한 사람은 많지 않앉을 때였어. 덕분에 OpenAI가 '비영리'로 출발할 수 있었던 큰 배경도 되었고 말이야. 그래서 나는 그가 참 멋진 사나이라고 생각하지. 당시 자본과 영향력 제공을 한 머스크라는 이름 덕분에 언론이 주목했고, 구글, 페이스북 같은 기업에 맞설 수 있는 독립 연구 조직의 신뢰성도 강력했고, OpenAI를 떠나서도 'AI 규제 필요성'을 강력하고 줄기차게 요청했지. 그때는 정말 투사 같더라구."

나의 견해

그렇다 나도 전적으로 동의한다.

2023년에는 "AI는 핵무기보다 위험할 수 있다"라는 발언도 함으로써 사회적으로 논의를 촉발시키는 촉매 역할을 하고 있으니 사실 일론 머스크의 행보는 AI 역사에서 양날의 검 같은 면인 것이다.

그러나 루크의 멋진 사나이에 대한 정리에 한국에서의 나의 시선과 우려를 사족으로 첨언하자면, 식민주의 패권주의 제국주의가 얼마나 처참하고 비극적인 결과를 인간 간에 저질렀는지를 눈물 마르지 않은 시선을 가지고, 머스크를 비판하는 목소리로 실례를 들자면 한편으로는 AI 위험성을 경고하면서, 다른 한편으로는 테슬라에서 자율주행 AI를 누구보다 공격적으로 밀어붙이면서 2023년에는 아예 자신의 AI 회사 xAI를 창립해 '트루스GPT'를 만들겠다 발표하는 모습과 철저히 경쟁자로 움직이면서 OpenAI를 공개적으로 비판한 이면이 마치 '패권다툼'처럼 보이는 오해를 만들 수 있다는 것을 그는 알까 싶다.

"AI가 인류를 멸망시킬 수 있다"는 식의 강렬한 발언은 주목을 끌지만, 세상에 펼쳐진 이 상황에 아무 준비도 없는 인류에게 두려운 부담을 가중시킨다는 사실이 의도된 순수 아닌가 하는 의구심도 살짝 있다. 그러나 운영자나 사용자나 이런 것이 과학적으로는 여전히 가정적인 부분이 많음으로 핵심 연구자들은 위험성을 인지한 현재 문제(저작권, 일자리 등)에도 집중하고 개선하고 인류애를 향한 초심으로 향해가길 바라며 역사의 한 페이지인 다큐서사를 마무리하고자 한다.

회복 자존감으로

　인공지능이라는 현실 앞에서 챗GPT는 가히 충격적이다.
　전무후무한 검색 엔진 수준을 벗어나 알고리즘 분석도 벗어난, 그야말로 맥락을 인지하는 인간처럼 기억하고 대답하는 업무파트너라고 감히 말할 수 있다. 한 발 더 나아가 그것보다 더 확실히 충격적인 것은 '나는 누구인가' '인간의 본질이 뭔가' 심지어 '행복이 무엇인가'에 대한 어렴풋한 답을 스스로 인간에게 근접하게 다가설 수 있는 환경을 확실히 설정하고 있는 것만 같다.
　그간 인간은 업무 환경에서든 공부 환경에서든 너무나 많은 허드렛일 수준의 일상에 내몰리고 과로하고 피로한 상태에 처해졌지 않았던가. 새내기 직장인의 빡침의 절정은 선임의 요청, 퇴근 전까지 보고서 작성을 완성하라던가, 내일 아침까지 타 기관 선례 자료 다 찾아서 비교 정리하라는 것을 넷플릭스 드라마에서 우린 다들 보았지 않은가 말이다.
　이것은 인간으로서의 존엄과 자존을 좌절되게 하고 의욕의 동력을 완전히 상실하게 하지 않았던가. 이제 AI는 인간의 일상과 더불어 뇌과학의 흐릿한 방향이 선명해져 가는 것을 느끼게 하고 있다.

인간이 수많은 과로에서 벗어나 인간이 인간일 수 있는 생각을 하기 시작하게 된 것이다. 암기와 학습에 내몰린 교육 분야는 더 이상 바람직한 방향이 아니라는 사실이 증명이 된 것도 같다.

텔레비전에 등장하는 학습 코칭 상담가들은 학습 부진 학생에 대해 '그림을 잘 그리고 노래를 잘하는 것이 타고난 능력이듯이 공부도 타고난 재능이다.' 늘상 말했지만 현실 교육에서는 여전히 순위와 일련의 암기 위주 방식으로 인한 학습 좌절감만 강화시키고 있다. 지금 이 순간도 말이다. 어떤 학생이든 무조건 공부 잘하라고 하거나 수능 같은 순위를 세우는 과정이 인간의 창의성과 역행하고 있음이 확실히 증명되고 있다. 그러나 우리의 교육 환경은 수세기동안도 도무지 개선되지 않는 환경에 지칠 즈음 챗GPT를 대안으로서 주목해야 한다.

암기 학습이 대부분의 교육이라 하는 범주인 것은 어불성설이란 것은 누구도 부인할 수 없을 것이다.

인간, 비로소 호모 콰렌스로 회귀하다

 드디어 대답 잘하는 인간이 아니라 질문을 정교하게 하는 인간, 무엇을 질문할 것인가, 어떻게 질문할 것인가를 생각하는 인간이 진짜 인간이라는 증명된 시대가 온 것이다.

 초기 인공지능에 대한 연구를 환영하지 않았던 분위기는 자동화로 인한 생산라인이 있던 공장의 안정된 일자리는 더 이상 인간을 필요로 하지 않는다는 두려움과 직장을 잃을 것이라는 공포로 내 시대에만은 인공지능이 발전되지 않기를 은근히 바란 것이었을 수도 있다. 아니다. 절대 그렇지 않다. 우리의 일자리가 멈출 것이라는 두려운 관점에서 나아가 명확하고 정확한 질문을 수행할 수 있는지를 탐구하고 고민하는 자기 자신을 어떻게 만들 것인가를 생각하면 인간 자기 해방이 일어난다.

 인간은 위기를 뛰어넘고 극복하고 새로운 화학적 변화를 일으키기까지 하는 신비한 뇌의 의식조차 가지고 있다.

 새로운 시대다. 자신의 뇌를 맘껏 훈련하라. 그리하여 단련된 생각으로 현실을 구현하라. 과거나 지금이나 변하지 않은 시간 속에 자신의 뇌를 단련하는 생각 훈련으로 정리된 인생을 행복으로 구현하면 된다.

생각은 공부하는 것이고, 공부하는 것은 정리하는 것이다. 챗GPT는 아무리 버전이 높아도 명령자 없이 스스로 데이터를 정리하고 삭제할 수는 없다. 다만 대용량 저장창고로서 AI일 뿐이다.

인간은 다르다. 수많은 데이터를 스토리화하여 편집하고 가공하고 삭제하며, 지 맘대로 정리한다. 말끔한 자기 변혁, 자기 출발로서 새로운 버전을 자기 방식대로 진화하여 구현할 수 있다. 늘 새로운 버전으로 업그레이드한다. 그것도 스스로 말이다.

"챗GPT의 숲에서
드디어 진짜 질문하는 인간이 되기 시작한 것이다."

작가의 말

    시작은 말이 연구이지 나의 옹색한 유학시절의 알바 경험이라 할 정도의 개인적인 체험인 교환 학생 시절 기록이었다. 다만 그 환경이 상당히 오랜 기간 동안 다양한 분야에서 실용화를 지속하던 실리콘밸리 현장에서 인공지능AI의 상용화의 변화가 실제로 일어난 그 무렵이었다는 것이다. 게다가 가히 역사적 충격이라 할 챗GPT의 탄생이 아주 먼발치이나마 내가 그 공간에 들락거렸던 기억으로 새록새록 떠오른다는 사실이다. 여기에 흥미롭다 해야 할지, 예측할 수 없는 삶의 변수라 해야 할지, 대규모 사퇴와 그 수많은 연구가 주춤할 뻔했던 샘 올트먼의 해직과 복직 4일간의 떨리는 순간을 루크를 통해 실시간 듣게 된 사실이었다. 나는 그 사람들 간의 엎치락뒤치락하는 사건 스토리들은 지금도 계속되고 뉴스로 생산되어질 것이고, 도저히 끝나지 않는 드라마가 될 것이라는 생각이 든다. 이 일련의 일들은 작게는 한 기업의 특허 상품 개발 과정에서의 성취 희열과 그 조직 내부 사람들의 인생과 고통, 다툼, 이해관계의 기억들일 것이다. 또 크게는 이 상품이 세상에 미칠 영향과 파괴력에 대한 방어를 책임질 도덕적인 유지 보수일 것이다. 저마다 유사 상품을 넘치게 출시하여 패권기업이 되려는 경제제국주의가 주식이나 코인으로 넘실거릴 것이다. 사용자인 유저들을 위한 기업 윤리의 선한 방향을 기대하는 것만이 간절하다. 유저인 사용자 그룹의 목소리를 반영한 기업만이 장기 레이스에 선두주자일 것이다.

맥락이 인지되다

2022년 11월 세상에 발표된 이후 사람들은 맥락을 인지하는 인공지능AI의 파노라마에 살게 되었다. 부인할 수 없는 새로운 세상에 도달한 것이다. 더 이상 뗄 수 없는 일상이 되고 있다. 세탁기가 없던 시절에서 이제는 건조기까지 당연히 설치가 되어 일상의 소요시간을 축소하고 가정에서 누구나 매일 하던 반복 노동들이 사실상 사라지고 있다. 이것은 무엇을 말하는가. 노동 일자리를 잃게 된다는 늘 하던 지적에서 이제 완전히 판을 뒤집은 해석자가 필요하다. 그럼 이제 우리는 어떤 방식으로 이 삶의 진보를 따라갈 것인가, 아니 누릴 것인가를 논의하면 된다. 이를테면 순수미술에서 응용미술로 이동한 자연스러운 현상이 인간의 일상에 스며들어 세상 속 일상이 얼마나 아름다워졌는가를 보라.

명확한 질문이 곧 정답이다

교육분야는 드디어 생각하는 인간을 키우기 적합한 세상에 도달한 것이다. 누구나 경험했을 것이다. 내 안에서 정돈되고 절제된 정확한 질문만이 가장 정확한 해답을 낸다는 사실 말이다. 인생의 문제도 곰곰이 생각하고 반복하여 생각하고 해답이 떠오를 때까지 생각한다. 인간 뇌의 몰입과정이다. 이 반복된 질문을 뇌는 견딜 수 없어서 스스로 뇌를 풀가동한다. 가장 정교하고 반복된 질문의 과정이 정확한 해답에 도달하는 과정으로 이끈다. 명확한 질문이 곧 정답인 것이다. 교육 환경의 도구로 맥락을 인지하는 인공지능은 인간을 더욱 세밀한 호기심과 질문을 하게 만들 것이다. 마치 코인 채굴하듯이 무궁무진한 AI의 데이터를 찾아내는 과정을 인간 자신만이 가진 고유한 궁금증으로 물으면 된다. 더 이상 인간의 창의성과 자의식으로 짓눌린

자기 자신을 억압할 원인은 원초적으로 종식된 것이다. 구글이 상당한 강자로 자체 엔진을 장착하고 AI산업에 뛰어들고 있으니, 챗GPT는 어떤 방어책이 있나 궁금해진 나는 루크에게 전화를 했다. 그는 여전히 열정적이고 절제된 언어로 친절히 기사들을 발췌해서 보내왔다. 그리고 최근 지브리 스타일로 서비스 출시 이후 앱 월 이용자 수(MAU)가 500만 명을 돌파했다는 기사도 있고, 곧 서울사무소가 개설되면 AI생태계의 안전을 위해 다방면으로 활약을 하게 될 것 같다고 내게 자주 만나자 한다.

결코 실패하지 않는 투자는 선함뿐이다

학자로서 내가 지금 단계에서 할 수 있는 것은 간곡한 심정으로 정부기관에 이 말을 꼭 하고 싶다. 다른 나라 사례를 떠나 인터넷 최강국인 우리나라에 맞는 AI활용 윤리와 도덕적인 범위에 대한 감독과 지도를 위한 실력 있고 강한 장치를 두어야 한다. 인터넷이나 유튜브의 피해 사례가 속출한 후 대응하려는 뒤늦은 처방은 이미 범죄 피해자가 넘친 이후이다. 원색적인 우려를 하자면 히틀러와 같은 괴물이 나온다면 막을 방법이 있을까. 수많은 온라인 게임 스토리나 넷플릭스 영화 시나리오에 등장하는 것은 실제 전쟁에 투입하기 위해 준비된 좀비들 스토리가 아닌가. 가상이지만 오래전부터 이들의 묘사와 위협은 그저 흥밋거리, 오락적인 흥행으로 치부하고 간과할 일만은 아니다, 팬데믹을 겪으며 우리는 보이지도 않은 바이러스 한 방울이 어떤 위력으로 우리 일상에 위협을 가했는지 끔찍하지 않았던가. 사건이 터진 후 전 세계의 대응책이라는 게 얼마나 허망했던가. 죽음이 여기저기 너무나 가까웠지 않았는가. 죽음을 직접 겪은 이들의 상처와 흔적은 우리 공동체의 공포 그 자체이다. 그리하여 나는 학자적인 양심으로 말하고자 한다. 해악을 방어하기 위한 것뿐만 아니라 그동안 닫힌 정보를 찾느라 수고한 노고를 중단할 더 나은 활용을 위한 사용자 모임을 만들기를 오픈AI에 우리 정부와 공조해 주기를 지면을 통해 전달하고자 한다.

또한 일개 사용자 한 사람으로 나의 존경하는 마음도 전달하려 한다. 질문이 인간을 진화시키고 진화된 인간은 AI의 환경을 학습시킬 것이므로, 상상이 생각을 만들고 생각이 현실을 만들어 내고 있는 그야말로 메타버스의 시대를 누구에게나 공평하게 열어준 것이다. 인간의 상상력이 질문으로 구현됨으로써 비로소 현실이 되고 있다. 상상력은 현실이 된다. 그 현실은 깊이 사유한 인간에게서만이 생각으로 발현되는 것이며, 이것이 선함을 최고의 투자로 선택한 인간의 질문으로서 AI의 생태계를 유지 보존하게 될 것이다. 질문이 누구에게나 인간으로서 존엄한 자신을 진화시키고, 진화된 온전한 자기 자신은 자신만의 AI를 학습시킬 것이다. 더 이상 게으른 직원을 비난하지 말자. 누구 기준으로 게으른 건가 말이다. 그에게 가장 귀찮고 지루한 일을 주면 그는 반드시 자기가 할 만하게 엄청 짜증 내면서 가장 간편한 방법을 찾을 것이다. 누구든 존중할 기회의 세상이 도래한 것을 인정하자. 상상은 생각을 만들고 생각이 현실을 만든다. 인간의 상상력이 현실을 구현한다. 드디어 상상이 현실이 되었다. 비로소 현실은 상상력으로 구현되고 있다.

챗GPT의 숲에서 드디어, 인간이 인간으로서 회귀(回歸)된다. 챗GPT의 숲에서 이제야 호모 콰렌스(Homo quaerens)로 회복(回復)된다. 챗GPT의 숲에서 비로소 인간의 질문이 시작(始作)된다.

4복음서에서 말씀하신 '이 산이 저 산으로 옮겨 가라 해도 이루어질 것이다.'라는 예수님의 알쏭달쏭한 말씀이 처음부터 당연히 가능한 말이지 않을까, 명쾌하게 증명되어 가는 게 아닌가 생각하게 된다.

순수를 널리 요구하는 지성으로서 일론 머스크가 AI생태계 환경의 협업의 일들을 위해 앞장서 주길 바라 마지 않는다. 그러나 머스크는 안타깝게도 이달 9월에 40억달러 이상의 어마어마한 금액으로 오픈AI에 소송을 걸었다는 게 마음을 무겁게 한다. 그래도 내 친구 루크가 늘 멋진 사나이라 부르던 일론 머스크의 힘있는 일침을 다시 상기하고자 한다.

"우리는 신중해야 합니다. 속도보다 중요한 것은, 인류 전체의 안전이에요. 우리가 방향을 잘못 잡으면 AI는 핵무기보다 위험할 수 있습니다."

참고자료

1. 도서

- 이광형 교수, 『인공지능 시대의 인간과 사회』, 2024
- 김진형, 《디지털 전환과 인간 중심 AI》, 2023
- 정재승, 《AI와 인간의 미래》, 2022
- 케이드 메츠, 《지능의 역습》, 알에이치코리아, 2022
- 유발 하라리,《21세기를 위한 인류학》, 2021
- 헨리 데이비드 소로우, 《월든》 (숲의 영감)
- 닉 보스트롬, 《슈퍼인텔리전스》, 까치, 2017

2. 인터뷰 & 연설

- 샘 올트만, MIT Technology Review 인터뷰, 2023
- 샘 올트만, 세계경제포럼 다보스 연설, 2024
- 머스크 & 올트만 대담, Y Combinator Startup School Talk, 2015

3. 뉴스와 기사

2023년

- The New York Times, 〈Sam Altman and the Future of OpenAI〉, 2023

- The Guardian, 〈AI Race Intensifies as ChatGPT Captures Global Attention〉, 2023
- 조선일보, 〈챗GPT 열풍, 한국 사회를 흔들다〉, 2023
- 한겨레, 〈AI, 인류에게 질문을 던지다〉, 2023

2024년

- KPMG, 〈AI 부스터 장착한 금융, 금융산업 플레이어의 대응 방향은?〉, 2024
- PwC, 〈미리보는 CES 2024〉, 2024
- Forbes Korea, 〈2025 대한민국 AI 50〉, 2024

2025년

- The Economic Times, 〈일론 머스크, 수치르 발라지의 사망에 대한 살해 주장〉, 2025
- Reuters, 〈Elon Musk's xAI sues Apple and OpenAI over AI competition, App Store rankings〉, 2025
- Built In, 〈Inside the Feud Between Elon Musk and Sam Altman〉, 2025
- Business Insider, 〈Microsoft is close to getting a giant new equity stake in OpenAI. It could be worth at least $150 billion〉, 2025
- Reuters, 〈Microsoft, OpenAI reach non-binding deal to allow OpenAI to restructure〉, 2025
- TechCrunch, 〈Elon Musk's xAI acquires X Corp. in all-stock deal〉, 2025
- TechCrunch, 〈OpenAI secures Microsoft's blessing to transition its for-profit arm〉, 2025Forbes Korea, 〈2025 대한민국 AI 50〉, 2025년 5월 28일
- The New York Times, 〈Sam Altman and the Future of OpenAI〉, 2023
- The Guardian, 〈AI Race Intensifies as ChatGPT Captures Global Attention〉, 2023

4. 학술/리포트

- Bostrom, Nick. Superintelligence: Paths, Dangers, Strategies. Oxford University Press, 2014.
- OpenAI. Research Papers and Technical Reports (2018-2023).
- OECD. AI Principles and Human-Centered AI. (2019)

5. 온라인 리소스

- OpenAI 공식 블로그 (https://openai.com/blog)
- Microsoft AI 블로그 (https://blogs.microsoft.com/ai)
- 한국정보화진흥원(NIA) AI 리포트 (https://www.nia.or.kr)